U0146367

下庄村的道路

道路

罗伟章 著

重庆出版集团
重庆出版社

作家出版社

图书在版编目（CIP）数据

下庄村的道路 / 罗伟章著. -- 北京：作家出版社，2022.4
ISBN 978-7-5212-1635-6

Ⅰ. ①下… Ⅱ. ①罗… Ⅲ. ①报告文学 – 中国 – 当代
Ⅳ. ①I25

中国版本图书馆CIP数据核字（2021）第243873号

下庄村的道路

作　　者：罗伟章
责任编辑：宋辰辰
特约编辑：徐宪江
装帧设计：今亮後聲·梅杨
出版发行：作家出版社有限公司
社　　址：北京农展馆南里10号　　邮　　编：100125
电话传真：86-10-65067186（发行中心及邮购部）
　　　　　86-10-65004079（总编室）
E-mail:zuojia@zuojia.net.cn
http://www.zuojiachubanshe.com
印　　刷：唐山嘉德印刷有限公司
成品尺寸：152×230
字　　数：175千
印　　张：19.25　　　插　　页：10
版　　次：2022年4月第1版
印　　次：2022年4月第1次印刷
ISBN　978-7-5212-1635-6
定　　价：58.00元

中共巫山县委宣传部　供图

◎ 巫山下庄村

中共巫山县委宣传部　供图

◎ 修路，是每一个下庄村人的夙愿

中共巫山县委宣传部　供图

◎　下庄人是要在悬崖峭壁之上，抠出一条能跑车的路

中共巫山县委宣传部　供图

◎ 要修路，就修公路！只有公路，才能真正成为联系广大世界的
　血管

中共巫山县委宣传部　供图

◎　下庄天路

中共巫山县委宣传部　供图

◎　下庄村——巫山县第一个脱贫的贫困村

中共巫山县委宣传部　供图

◎　红苕只管肚子饱，柑橘能叫日子甜

中国图片社 供图　新华社记者 王全超 摄

◎ "当代愚公" 毛相林

脱贫攻坚，取得了物质上的累累硕果，也取得了精神上的累累硕果……带领乡亲们历时7年在绝壁上凿出一条通向外界道路的重庆市巫山县竹贤乡下庄村党支部书记毛相林说："山凿一尺宽一尺，路修一丈长一丈，就算我们这代人穷十年苦十年，也一定要让下辈人过上好日子。"

——引自习近平总书记《在全国脱贫攻坚总结表彰大会上的讲话》

目录
CONTENTS

引子

2021年2月25日，全国脱贫攻坚总结表彰大会在北京人民大会堂举行。为隆重表彰激励先进，"党中央、国务院决定，授予毛相林等10名同志、河北省塞罕坝机械林场等10个集体'全国脱贫攻坚楷模'荣誉称号。"毛相林第一个上台，接受习近平总书记颁发奖章和证书。

那一刻，凡知道毛相林事迹的，无不为之动容。巫山全县人口六十四万，但毛相林获奖的消息，在县境内就转发百余万次；散布大江南北的巫山人，都视之为家乡的光荣。毛相林从北京回来后，陆续接到江苏、上海、河南等多地来电，赞誉他的业绩，敬佩他的精神，表达向他学习的愿望。四川峨眉山市一位农村干部，驾车十余小时，行程近千公里，专程前去拜望取经……

在获得"全国脱贫攻坚楷模"荣誉称号之前，毛相林已获得过"时代楷模""最美奋斗者""全国脱贫攻坚奖奋进奖""感动中国2020年度人物"等奖项，并受邀赴中央广播电视总台，亮相牛年春晚，在晚会上与全国观众见面。

这诸多荣誉，都是表彰他"带领村民修出村公路、发展产业、脱贫致富"之举。

全国的公路有多少里程?

五百多万公里。

而毛相林带领村民修出的,仅八公里。这八公里还只是刨出了机耕道,后来在当地政府和社会各界的支持下,拓宽、硬化,才成为真正能跑车的公路。

当年全国有多少贫困村?

十二万八千个。

而毛相林只带领一个村实现了脱贫。

这个村不过几百人。当年的全国贫困人口,是九千八百九十九万。

毛相林和他的村庄,在广袤的中国大地上,只是一粒草芥。

然而,这粒草芥却感动了亿万中国人,并受到党中央、国务院的高度肯定,其中有什么深层内因?在众多报道中,都称毛相林为"当代愚公"。"当代"二字仅仅是个时间概念,还是赋予了什么新的内涵?全国脱贫攻坚总结表彰大会对拟表彰对象的公示上称,毛相林四十三年初心不改,铸就了"下庄精神"。"下庄精神"究竟是一种怎样的精神?它在多大程度上代表了时代精神甚至人类精神?

上篇·

秘
境

下庄村

在稍早的文献里，人们描述下庄村，喜用"秘境""发现"这样的词语。

这并非夸张，也不是矫情。从地图上看，巫山县位于重庆市东北部，西接四川；竹贤乡下庄村，又位于巫山县东北，四面群峰耸峙：北是照石岩，沿顺时针方向，环布着王家包、女儿牵、岩头齐、哨风垭、石板沟、穿山子、梅子岭……范围稍扩大，则有黄草垭、高脚岩、上马山、门坎垭、挂刀岩、刀子山、钢架山。

不过千峰万岭，就到不了下庄村。

过了千峰万岭，也不一定能看见下庄村。

下庄村深隐于长江三峡上游一个巨大的天坑里。

天坑，既是三峡成因的活化石，也是对三峡雄奇景观的震撼呼应。与巫山毗邻的奉节县小寨天坑，作为世界之最，早已名满天下。与奉节毗邻，又有云阳县清水土家族自治乡的龙缸天坑。这两处地界，四面绝壁垂落，形如万丈深井，站立坑沿俯视，头晕目眩，两股打战，遍体生寒。有科考队员曾下到底部，抬头望，无垠的蓝天缩为一轮圆月。毛相林的家乡，与小寨和龙缸天坑的构造大体相似，但不是一壁到底，从一千三百五十米垂落至二百米深处，挂着一带坡地，那带坡地就成了村子——下庄村。

下庄村曾多次改名，但再怎么改，也没改掉那个"下"字。

下，是俯视的角度。

也是以外观内的角度。

由此揣测，这名字当是上面或外面人取的。下庄人自己有没有另外的角度？当他们清早起来，会以怎样的心情面对把自己禁锢起来的陡峭山崖？夜晚入睡前，举目望见井口般的苍穹和苍穹上的星斗，有没有过走出大山探究远方的梦想？

这是许多人都想知道的。

却又很可能只是局外人的多虑。在相当漫长的时日里，下庄人非但不觉得四面绝壁禁锢了自己，还认为是对他们的保护。

大约五百年前，他们的先祖来到此地，首先来的是张姓家族，然后是毛姓，然后是王姓，然后是黄姓，然后是杨姓……为什么来，从哪里来，无史料可考，当地人也语焉不详，推测起来，原因无外乎四个，一是躲避战乱，二是躲避匪患，三是躲避天灾，四是政府强令迁徙。不管怎样，对安土重迁的民众而言，那都不会是一段轻松的历史，辛酸、眼泪和血汗，是那段历史的基本质地。

被迫离开故土，来到这荒凉残破、千疮百孔的地界，他们根本不敢计较。

因为这时候最需要的，不是好，而是安全。

如此就可解释，当初"赴川报垦"者若自主择地，很大部分都选在了山区。

山越大越好，比如巫山。

"碧丛丛，高插天，大江翻澜神曳烟。"（唐·李贺《巫山高》）

"巫山不可见，翠岫几重重。"（宋·曾慥《巫山》）

"巫山高郁郁，襟带亘天涯。"（明·薛蕙《巫山高》）

关于巫山，此等描述俯拾皆是。自古文人墨客，"过巫山之境必有诗"，李白、杜甫不必说，苏轼更是把自己最长的一首诗歌献给了《巫山》，巫山的诡谲、奇险和壮阔，引领诗人感叹命运的无常，也激发其拼争的勇气。"孤超兀不让，直拔勇无畏"，是写巫山，也是写诗人自己。

而巫山县不只是巫山，大巴山、巫山、七曜山，三大山脉交会于此；大巴山弧形构造带、川东褶皱带、川鄂湘黔隆褶带，三大地质构造在此咬合；长江横贯东西，大宁河、抱龙河等七条支流，呈南北向强烈下切。

起伏之巨，坡度之陡，如巫山这般的并不多见。

而下庄村在巫山县境内，又是一个特殊的存在。

无论多么偏荒闭塞，那些崇山峻岭和深泽大谷，其意都不在隐，而在显，因此从古至今，才被众多文人咏叹，画家和摄影家也趋之若鹜。长江三峡，巫山县有瞿塘峡和巫峡过境，两大峡及江岸，分别以其窄险磅礴和绮丽幽深，招引着世人，船行其间，分明石塞无路，却又别有洞天。长江三峡被称为大三峡，此外尚有大宁河的小三峡，马渡河的小小三峡，均在巫山，其形貌，其性格，都和大三峡一母所生，也都抱定一个信念：我之所以存在，就是等待发现。

——而下庄村不是这样的。

下庄村是藏起来的。

说它是天坑，又并不典型。小寨和龙缸天坑，同样在显而不在隐，因此很容易进入视野；下庄村和它们相比，减了狂傲，少了张扬，以收敛、节制和相对平凡的面目，麻痹那些逼近的目光。唯如此，才藏得深。

所以成为"秘境"。

要论安全，莫过于此。

但问题是，下庄人的先祖是怎样发现的？又是如何进去的？

与"为什么来"和"从哪里来"相比，"怎样来"是更大的谜。

村子二百米之下，是一条峻急的河流，自上而下，又是峭崖绝壁，丢块小石子，也能无遮无拦，一贯到底。是谁瞅到了天坑下的坡地？又是谁打了头阵，冒死抵达，并接纳同类，生儿育女，建成一带村庄？

不知道。

唯一知道的，是他们来了。

当他们到这天坑深处安家落户，天坑奉献给他们的，便是一处世外桃源。

的确，记者和驴友，都惯用"世外桃源"去形容下庄。

多年以来，这里没发生过刑事案件，真要查考出一个案件，得追溯到清光绪三年，一群土匪到下庄抢劫，可他们将抢来的粮食和猪羊，背到半路就扔了。实在背不动，硬撑着背，只会把命搭进去。自此以后，再无土匪光顾。下庄人自己，非但不偷不抢，还路不拾遗，夜不闭户。东西在外面放再久，只会被猴子拖走，人不会拿。出门去，只关门，不锁门，关上门是为挡风，不为防人。

这里风景绝美。最美的是云。元稹诗"除却巫山不是云"，已写尽巫山之云的独占鳌头；不知这句古诗的巫山人，也会把自豪隐于淡然的口气，告诉你说："我们巫山的云好。"

云，成为千百年言说的风光，成为人们内心的珍藏，唯有巫山。奇的是，巫山县境之内，哪里的云都好。由此我想，巫山这一行政区划，是以云为标准来界定的：云好，就归巫山管辖；云不好，就划出去。另一种想法或许更有意思：只要划进了巫山，云自然就好了。

比如下庄村，因在巫山境内，便有满天满山的好云好雾。站在毛相林家的院坝里张望，云雾似从半山腰长出来，在崖壁间横过去，或相连成片，或独自为朵，想飘动时就飘动，飘起来的样子，如在壮阔的大海里游，体态舒展，动作轻盈，仿佛有着明确的方向；不想飘动，云雾就安然地长在那里，柔曼、纯净、优雅，让坚硬的大山也变得温柔和慈悲。

云雾之外，下庄之美似乎不必再多说什么，只需明白，此地绝壁环绕，峡谷清幽，一挂名叫鱼儿溪的瀑布，自九天垂落，在天坑底部与庙堂河汇合，形成后溪河。河谷多竹，粗如碗口，以之做筏，可放排至小三峡。小三峡周边，有兰英大峡谷、当阳大峡谷、巫山十二峰……无不是巍峨中出秀美，傲骨里显风姿，春夏百花怒放，秋来层林尽染。杂树青竹和潺潺流泉，成为獐、麂、鹿、野羊和黄猴的天堂。众多诗词歌赋及神话传说，更使这片土地兰质蕙心，灵性充盈。

毛相林眼里的下庄村

我看过全国脱贫攻坚总结表彰大会的直播，也看过有关毛相林的若干视频。屏幕上，毛相林显得很矮，在生活中则更矮，当他从那边走过来，我感觉到的，只是一个孩子的身量。他不像电视上那样挺拔着走路，而是腿微弯，背微驼，像承受着某种重量。别人叫他毛支书或老毛，他自称"毛矮子"。

无须知道他的故事，只看一看形貌，便能感知这个"矮子"身上蕴藏的能量：花白的头发根根直立，风刀霜剑刻出的皱纹横贯额际，嘴唇坚毅，眼神执着。

这实在不像桃花源里的人。

"我们下庄村没饿过饭。"坐下来后，毛相林开了口。

他的嗓门很大。尽管就着火塘，在房间里交流，他有意压低了声音，但还是给人敞门敞户的感觉。

"苞谷可以种两季。"他接着说，"每年都杀年猪，有些年份，一家还能杀两头。"除了苞谷，还有红苕、洋芋，这三样食物，俗称"三大坨"。下庄村土质好，"三大坨"产量都不差。当初，开疆拓土的祖先选定这里落脚，本以为只是捡一条命，没想到还有这么好的土质和出产。"这是老天爷额外的恩赐。"

毛相林家的院坝边就是地，种柑橘，也种青菜、白菜、牛皮菜，弯腰抓起一把土，细腻、柔韧、醇厚，微微的凉意透过掌心，仿佛土块长着嘴，能发出清丽的声音。那是苏醒的声音，春天的声音。

我第一次去下庄村，正是初春时节，具体而言，是毛相林从北京接受习总书记颁奖回来的第二天。这里的山山水水，还谦卑地蛰伏着，但晨光更亮，鸟鸣更清，那些对季节特别敏锐的林木，皮下已经灌水，由干涩而滋润，凑近了，能看见它们青绿色的血管。勃勃生机，在绵延的群山和起伏的田土间，悄然孕育。

"因为土质好，出产好，我们下庄村从来没饿过饭。"毛相林重复着。

这显然是他深感骄傲的事情。

不仅是他的骄傲，也是所有下庄人的骄傲。

巫山自古是个穷县。凡大山大水地界，多数都穷，所谓"山有多高，贫困就有多深"。千百年来，受条件和观念所限，没有"把绿水青山变成金山银山"的理念和自觉，山和水，是生活的来源，更是生活的障碍，穷，便如影随形。

1980年代，有首名叫《三峡情》的歌曲，在中国大地广为传唱，其深情宛转的音乐气质，配以高腔山歌的嘹亮音色，表达了对故土三峡的热切怀念。那是改革开放赋予的崭新气象，而在此之前，三峡人即使怀念故乡，也不会有"几时再登巫山顶，唱支山歌唤羊群"的亮丽抒情。与之对应，一首民谣倒是说出了实情：

巫山是个穷旮旯，

冬吃萝卜夏吃瓜，

要想吃顿白米饭，

只等女人生个娃。

女人生了娃，要办满月酒，这是唐代就流行的风俗，是一个人生命中的重要仪式。起因是古代婴儿夭折率高，孩子存活一个月，就是渡过了一道关卡，于是亲友前来祝贺并祝福。既如此，主人家自然要好生招待，没有酒肉，至少也要吃顿白米饭。而巫山所谓的白米，不是指稻米——遍布县境的喀斯特地貌，存不住水，稻谷难生；他们说的白米，是竹米，所以他们把满月酒又叫竹米酒。

见过竹米的不多，吃过的就更少。竹米是竹的种子。开花才能结种，竹子偏偏极少开花，因为开花意味着死亡。《山海经》载："竹六十年一易根，而根必生花，生花必结实，结实必枯死，实落又复生。"东西倒是好，清热解毒，护肝养胃，药用价值高，且花香不去，清隽淡雅，《庄子》赞凤凰之高贵："非梧桐不止，非练实不食，非醴泉不饮。"练实，即竹实。但六十年实在够等，得之殊为不易。

就是说，就算女人生了娃，要去她家吃竹米，也不能放开肚皮吃。

这还是往好里说。事实上，在漫长的历史时期，世道太平又风调雨顺，可能还有萝卜和瓜可吃，女人生了娃还有竹米吃，要是遭遇灾荒，那些都是奢望，只能吃树皮草根。树皮草根吃尽，就背井离乡，逃荒要饭。

下庄村在巫山县是个例外。

他们不缺吃的。

他们吃粮食。某些年份，当然也吃树皮草根。毛相林记得，在他童年的时候，野葡萄叶、婆婆针花，都采来吃过。有一年，水冬瓜树皮都被剥光了，下庄人将那树皮用木棒捶松，剔去柴筋，再汆水漂洗，除掉异味儿，和少许苞谷面蒸了吃。但至少是有吃的，不至于逃荒要饭。一个人要落到怎样的田地，才会背口破碗，流落异地他乡？这是命里的伤。下庄人没有这种伤。

正因此，下庄的女子多不愿外嫁，外面的女子却争相嫁到下庄来。下庄的孩子都生得漂亮，是因为他们的母亲漂亮。他们的母亲长相好，水色也好，而且年龄都不往脸上跑。我在村里碰到几个妇人，以为只有三十来岁，一问，都四十大几了。

几百年来，下庄人静悄悄的，在这里繁衍生息。"井"口之上的世界，被山挡住了，随云飘走了，他们只是在自己的天地里，心满意足地吃着"三大坨"，过着安居乐业的日子。村里虽是杂姓，进来也有先后，却并没像某些地方产生家族间的争斗，祖先开垦出的近千亩土地，足够让他们填饱肚子，填饱肚子之外，没有更深的渴求，所以不必争斗。何况彼此间还多为姻亲。平日里，路上见了，打声招呼，哪家有了红白喜事，不必请托，就全村出动，自发去那家帮忙。若外出办事，一时不能回来，鸡鸭猪牛，都有邻居帮忙喂养。

"下庄人团结和睦，硬是像一家人。"岩口子上的外村人说。

这真是一处桃花源。

"没有什么大事情"

陶渊明笔下的桃花源，"黄发垂髫，并怡然自乐"，下庄村大体也是这副景象。

然而，再是和睦的村子，纠纷和矛盾也总是难免。

对此，陶渊明没明写，但"男女衣着，悉如外人"，已是鲜明的暗示。相处得久了，兄弟之间、姐妹之间、夫妻之间、父子之间、母女之间、婆媳之间、邻里之间，还有女人的婆家和娘家之间，总有牙齿咬着舌头的时候。

只要出现纠纷，毛相林总是第一个到场。

那时他是村主任，上面还有老支书，老支书年纪大了，尽管身体强健，毕竟是上了岁数的人，上坡下坎地不方便，遇到有激烈冲突的场合，更不便拢身，毛相林便自觉地前去担承。他秉持公心，评理说法，直说到儿子给父亲敬杯酒，邻里互相递支烟，把矛盾不仅从表面，还从心里化解，他才离开。

这些事倒并不着难，麻烦些的是丧事。

下庄人惯把丧事叫"惨事"，因为不少人是非正常死亡。

他们到底不像武陵源的秦时遗民，与外界彻底断了来往，下庄人偶尔是要走出天坑的。至少要去买肥料，外面的女子嫁进来，男方也得去迎亲。

1997年之前，确切地说，2004年之前，出村和进村，只有一条绳索般的小路，那小路挂于绝壁，有一百零八道"之"字拐，无论上下，都面贴大山，手脚并用。其实那不是路，那只是被称作路，没有猴子的本领，就进不了村，也出不了村；有猴子的本领，不花整天工夫，同样进不了村，也出不了村。

进村和出村，都可能摔死（据村民说，猴子也被摔死过）。

上山砍柴，更容易摔死。绝壑崇岩，无任何缓冲，砍下的柴枝，都是直接丢下悬崖，然后去谷底溪沟里捡拾，捆在背荚上，从沟底背进村。所以下庄村的砍柴人，拿着弯刀爬到山上，却是从山脚下回来。能自己回来已是幸运。山上的薄土，脆弱地粘贴于石壁，难以承受一个人的重量，若不幸滑倒，就顺势而下，柴火又多是嫩枝甚至幼苗，完全帮不上忙，相当于无遮无挡，当那声留恋生命的惨叫在山谷回荡过后，就靠别人去抬回来了。

连上厕所也会摔死。台地褊狭，建个房子能做饭，能睡觉，能喂猪牛，已是相当不容易，厕所便只能挖在猪牛圈的外侧，而外侧即是悬崖，蹲得腿麻了，起身时腿弯打个闪，就可能坠入深谷。有个叫刘道芝的十岁孩子，内急起来，去跟姐姐争厕所，被挤下崖去，父亲拿着锄头和撮箕下谷底收尸，她竟然在叫爸爸，这算是奇迹。

1999年，有记者去下庄村采访，发现那些年，摔伤的六十人，摔残的十五人，摔死的二十三人。这一数据，我在毛相林那里得到了印证。

死者多是家里的顶梁柱，家人悲痛，没有抓拿，这时候毛相林又出现了，他去为这家人主事，称为"当大家"。若丧家手头紧，他就说，丧事只办一天，不然你承受不起，人已经死了，敲十天八天的锣鼓也活不过来，但活着的人还要活下去。他说了，就算。"没有处理不下来的事，"毛相林说，"只要为村民着想，他们就听你的。"毛相林在下庄村的威信，也是这样慢慢树立起来的。

因为有威信，加上处理纠纷、主持"惨事"之外，没有更多的事情，毛相林的这个村干部，当得很愉快，也比较省事。

用毛相林自己的话说："没有什么大事情。"

内心波澜

那是1997年农历7月底，阳历已入9月，巫山县开办村支书党校培训班，毛相林去县城参加培训，其中一个科目，是用大巴车拉着学员去七星村参观。十五年前，毛相林去县城背尿素，曾路过七星村，并在一户农家里过了一夜。那里属巫峡镇，位于长江与大宁河交汇处。跟下庄村比起来，七星村虽然离县城近，地势也平缓，却多为荒山石渣，家家的房屋，都穿眼漏壁，不但关不住一只鸡，连关只羊也能跑出去。过去的许多年里，七星人正是民谣里所唱"冬吃萝卜夏吃瓜"的那群人，也是困难年代逃荒要饭的那群人。

然而这次一见，毛相林大吃一惊。

这里通了公路。在毛相林的观念里，公路历来就是城里的、场镇的，村里人想看汽车，都是带着干粮去城镇，还不敢走近了看，只敢远远地站在公路边。毛相林深深地记得自己第一次看到汽车的情景。那时候，即便在县城，车也很少，仿佛等得地老天荒，才见一辆车从那边开过来。而今回忆，那是一辆敞篷卡车，应该开得很慢，可当时觉得就像飞驰。他感觉到，车跑起来是多么美，又多么神奇，一旦停靠，就变得平凡了。那无非就是由铁皮做成的箱子。可就算是泥巴做的，回到村里，也照样要说上一年半载，让人羡慕。他看见的不单是汽车，还是汽车所代表的另一种生活。没有公路就没有汽车，没有城镇就没有公路，何曾听说把公路修进村子的？可七星村就修了公路！七星村的公路，一副情深意切的样子，从江岸盘曲上升，站在高处俯视，如水袖飘舞。

以前的七星村和下庄村一样，主产"三大坨"，偶有一棵果树，长在田边地角，也不是种的，是风吹来的，是鸟拉下的，种子在土里发芽，因不碍着庄稼，便任其长大，开花结实。那不过是点缀罢了。山里人家，种庄稼才是正经，果树的好处，是明示季节，多个色彩，要是躲过风灾旱灾水灾虫灾，自自然然地结出了杏子梨子桃子李子，待其成熟，摘下来，咬一口，也只是图个口福。

山里人只讲吃饱，不讲口福。讲口福是要被谈论的，说是"好吃嘴"。川渝山区，把"好吃嘴"叫"口钱货"：因口费钱，是一种蔑称。即使不花钱，也是败家子的象征。那不仅是身体层面的事，还与德行有关。如果某家的儿子被指为"口钱货"，就找不到婆娘；某家的女子被指为"口钱货"，就嫁不出去。

然而，千年百载种着"三大坨"的七星村，竟然平了田垄，把庄稼地辟成了果园，从山脚至山顶，栽了数百亩李子树和油桃树。

油桃晚熟，这时节正挂满枝头。毛相林从没听说过油桃这种东西，更没见过。下庄村也有桃子，都是野桃子，称为毛桃儿，个头小，浑身毛，牙齿不使劲，就别想掰下一口。而这被称为油桃的，皮面光滑得像缎子，挨挨挤挤的红润脸庞，在青枝绿叶间烁烁生辉，摘下一个，轻轻一咬，又脆又甜。

更加不可思议的是，不种庄稼只种李子和油桃的七星村村民，一律不再住土坯房，都起了两层青砖洋房！

冰箱事件

党校学员组成的参观团，进村后就各自行动，随意进入依山而立的房舍。为迎接他们，每家每户都留了人，大门敞开着。

毛相林进去的这家，主人姓李，四十二三岁年纪，毛相林称他李大哥。李大哥家跟七星村家家户户一样，除了有锄头铁耙，还有电视，还有冰箱。

毛相林见过电视，却不认识冰箱，问这是啥？李大哥告诉了他。冰箱做什么用，他想知道，却不好意思再问，但李大哥主动讲了，说：插上电，就不管它，冰箱就自己工作，你把肉啊菜的放进去，能长时间保鲜。李大哥说话的口气，日常，淡定，可越是这样，越显出他的见多识广，越显出内在的自豪。

不过，毛相林并不相信。

对下庄人而言，电毫不稀奇。鱼儿溪瀑布与庙堂河交汇处，早在1970年代，就修了个小型电站，得此便利，二十多年前，下庄人就不点油灯了。他们用电，比巫山县其他村落都早，要说骄傲，这东西应该算上的。可电不是用来照明吗，谁说插到像立柜一样的机器上，就能让食物保鲜？

李大哥还说"长时间保鲜"，长到什么时候？像眼下，虽是秋天，可只在一早一晚才有秋天的样子，一早一晚的风，会送来秋天的凉意，而整个白天，日头高悬，长江之上和长江沿岸空气凝固，一巴掌扇过去，能听见空气发出的沉闷响声，稍稍动步，稍稍用力，汗水就流出来，又不像夏天那样痛痛快快地流，只黏黏稠稠地溢出皮肤，胶水似的封住毛孔，让人烦躁，也打不起精神。人和物是相通的，这时节的蔬菜，摘回来半个时辰就无精打采，割回来的肉，小半天就有了臭烘烘的味道，未必放进冰箱里，就能挨过三天五日？

信与不信，都会跑到眼睛里来。毛相林想掩饰，但他发现，他参观的这家主人——李大哥，已经把他眼里的"不信"摘过去了。他觉得很不礼貌，心里愧疚，好在李大哥并没介意，继续用那种淡定的口气给他介绍。

说了冰箱的好处，李大哥抠住左边的缝隙，一拉，整扇门打开，见里面是两层白色金属横隔，上面一层放了把藤藤菜和几个苹果，下面一层放了两三斤猪肉。"这叫冷藏室。"李大哥说。说着将门关了，弯下腰，又拉开一道门。这道门像是炸开的，砰的一声，白烟喷涌，白烟里漂浮着若有若无的晶体，寒气袭人，毛相林站在半米开外，腿上也被寒气咬了一口。"这叫冷冻室，也叫急冻室。"李大哥又说。伸进手去，嚓嚓有声地取出一包东西："这是我半个月前去垫江买回的乌骨鸡，等我儿子回来吃。"言毕放进去，又是嚓嚓有声地取出一包东西，"这是苞谷米，准备过年的时候吃。"

毛相林的胸腔里扑腾着。

他分明感觉到，自己面前，展开了一个新世界。五百年前，张姓家族离开祖居的家园，翻山越岭，涉水过桥，从遥远的地方来到巫山县，进到下庄村，发现了一个新世界，并在那个世界里，以勤以俭，寒耕暑耘，且以宽广的胸怀，陆续接纳毛姓、王姓、黄姓、杨姓……共同缔造了下庄村不饥不寒的生活，日月交替，四季更迭，一直走到今天。而今天的这个新世界，又会带给他什么？

他不知道。

如同下庄村的四面山壁，云遮雾绕，他看不清。

或许是出于自尊，见了放在冷冻室里的苞米，毛相林说：

"苞米哪需要冷冻？"凭他的经验，也是祖祖辈辈传下来的经验，苞谷棒子掰回来，将壳剥开，以壳为绳，相互绞缠，挂在檐下的挑梁上，风吹日晒，自己就干了水性，只要不被松鼠吃掉，不被老鼠吃掉，就会一直挂在那里，经年不坏。人想吃的时候，用铁凿子在棒子上凿开一条路，就能轻易抠下苞米，用家家都有的小石磨，碾成碎粒子，就能做成苞谷糊糊；碎粒子见了水，容易成团，怎么搅也搅不开。因其形状，巫山人把苞谷糊糊又称"癞蛤蟆"。许多年来，下庄村的整个冬季，多靠"癞蛤蟆"充饥，也是"癞蛤蟆"帮助他们守望春天来临，守望万物生长。

对毛相林似问非问的话，李大哥没有回答。

那天中午，就在村里吃饭，其中一道菜，就是辣丁炒苞米。

毛相林很惊异。七星村和下庄村一样，苞谷可种早、晚两季，早苞谷多在旧历六月、新历七八月收，而晚苞谷这时候刚抽穗，要九月底才收，今天吃的，只能是早苞谷，可早苞谷收下来已经一个多月了，几个狠太阳一晒，早就干硬得铁弹子一般了，别说炒，就是煮，煮一天半天，表皮烂了，芯子不烂，牙齿一碰，就缩回来，因为它比牙还硬，牙齿怕痛，也怕缺。这时节吃苞米，只能碾碎。而端上桌来的这道菜，竟是饱满而完整的颗粒。

毛相林戳了一筷子，小心翼翼地放进嘴里。

牙齿有着自己古老的记忆，不敢去碰。

而当真碰了，却娇嫩甜脆，满口清香。是刚收下来时的嫩香，带着山风的气息，太阳的气息，还有被母体滋养的柔润的气息。

毛相林的脸红了，红得发烫。

他想起了"苞米哪需要冷冻"那句话。

"我是多么愚笨啊！"毛相林说。

几十年后谈论这件事，他还不敢看人，只望着远处。

他丢的，不是他一个人的脸。

那顿饭，他吃了很多辣丁炒苞米，别的都没怎么吃。下庄村的"三大坨"，苞谷是排在首位的，要说有吃厌的食物，苞谷是他早就吃厌的，可今天吃起来，却别有一番滋味。那番滋味不能用"好吃"两个字简单概括。

当然，首先是好吃。吃惯甚至吃厌的食物，换一种吃法，包括换到不同的季节去吃，就变成了美味佳肴。

在当时的毛相林看来，促成这种改变的，就是冰箱。

下庄人早就用上了电，却以为电只是为眼睛服务，晚上缝补衣服的时候，打扑克牌的时候，看得更清楚，不知道还能插在冰箱上，让食物保鲜。

"冰箱，那叫冰箱……"

他无声地自语。

过后很长时间，他都把"冰箱"两个字含在嘴里，悄悄念。

每念一遍，心里就被戳一针。

逃离与回归

五天培训期满，毛相林从县城回去。

走到天坑顶上的绝壁口，他的心情变了。

以前是想也不想，就身子一蹲，朝山下溜。跟上山一样，都面贴山壁，不同之处在于，上山是前行，下山是后退。山势陡峻，下山比上山更难，也更险，"上山鼻挨路，下山脚发怵"，鼻挨路无所谓，脚发怵是要命的，不过这没什么，祖祖辈辈都是这样过来的。下庄人盖不起砖瓦房，更修不起两层洋房，只能住低矮黑暗的土坯房，不过这没什么，祖祖辈辈都是这样过来的。下庄人吃不上大米，只能吃"三大坨"，不过这没什么，祖祖辈辈都是这样过来的……

但是今天，他不再那样心安理得了。

他无法面对的一个事实是：在巫峡镇七星村，他参观了李大哥家，正要出门，李大哥似乎才想到自己是主人，来的是客人，客人没喝口水，没抽支烟，就走了，他过意不去，于是拉住毛相林，请他坐，要去给他泡茶。毛相林说不坐了，我要去跟大部队会合。李大哥心想也是，就去拿烟出来散。毛相林把烟接了。李大哥给他点的时候，问他是哪里人。毛相林把嘴凑过去，吸着烟，含混地应了一声，然后向李大哥道谢。道谢的话没说周正，前脚已跨出了门槛。

像是逃跑。

其实就是逃跑。

他逃跑，是因为不想说出自己是下庄村人。

"这是我的耻辱。"毛相林说。

下庄村，骄傲的下庄村，没饿过饭的下庄村，外面的漂亮姑娘争相往里面嫁的下庄村……要是以前，除了乡场和县城，要论巫山乡下，下庄人的腰杆比谁都挺得直，别人问一声："哪里人？"话音未落就高声回答："下庄村人！"别人艳羡的目光，你走了很远也烙得你脊背发烫。尽管说，不被发现下庄村似乎就不存在，其实，它在巫山县远近闻名，男女老少，谁不知道巫山县有个竹贤乡？谁不知道竹贤乡有个下庄村？从某种意义上讲，知道竹贤乡，也是因为下庄村的缘故。

道理很直接，很简单：下庄村人不饿饭，更不逃荒要饭。

可到了今天，下庄村变得灰头土脸了，连说出来也是一种耻辱。

耻辱于自己作为下庄人的身份。

对普通百姓而言，出生地往往就代表了身份。

问题在于，毛相林又不是普通百姓。毛相林是下庄村的支书。七星村百姓的生活，仿佛着火的鞭子，抽打在他这个下庄村领头人的身上。他那句"这是我的耻辱"，更多的，或许不是指身份本身带给他的耻辱，而是不敢说出自己的身份成了他的耻辱。

"冰箱、冰箱……"

他咀嚼着这两个字，向天感叹："外面的发展好快啊！"

对外面的世界，包括外面的发展，毛相林其实不是现在才知道。十四岁那年，他跟大人出去背力，第一次走出天坑，花了近四天，走得脚上打泡，眼泪长流，终于走到了县城。他就是在县城第一次看到了汽车，并在县城吃了第一顿米饭。当年，汽车少，开馆子的也少，走了几条大街，才见到一家天津人开的小馆子。就在那家馆子里，他吃到了米饭。因为那顿米饭，他"深感荣幸"。

中央电视台"面对面"栏目曾专访毛相林，谈到那次经历，他就用了"荣幸"这个词，但估计是听不懂他的川话，或者认为那个词不准确，字幕上打的是"稀奇"。事实上，只读过十个星期初中的毛相林，用本能说话，"荣幸"比"稀奇"要贴切和深刻得多。在他看来，米饭不仅是美味，还是"荣誉"。

毛相林生于1959年，十六岁担任生产队记分员和分配员，

18岁任大队团支部书记，兼任生产队会计，十九岁任大队民兵连长，二十一岁任大队长，三十三岁任村委会主任。到他任村主任时，下庄村其实已经走样。

最显著的变化，是山外的姑娘再不愿嫁进来，村里找不到老婆的男人，一个、两个、三个，晃眼间就多达几十个。护佑了他们几百年，也让他们骄傲了几百年的村庄，变得黯淡无光了，再不能给予他们荣耀了。

也就是说，并没等到1997年，这些问题就已经出现。

下庄人环顾山野，找不到出路，于是去外面找出路。

比毛相林年轻的，跟毛相林年龄相当的，还有比他年长多达十多二十岁的，都出门打工去了。村子被抽了筋骨，只剩了老人、妇女和孩子，像毛相林这种三十岁左右的年轻男人，走在村庄的田间地头、溪口崖畔，不仅心里荒凉，还觉得不好意思，像是被大时代抛弃了，也像是游手好闲胆小怕事的懒汉脓包。

几番挣扎，毛相林也走了。

他去的是湖北建始县。建始位于鄂西南山区，条件并不算好，但毛相林在两个月内，挣了三千多块，这是他在下庄村几年也挣不来的。

然而，两个月后，毛相林却回来了。

是乡上通知他回来的。

可能是他兼任着民兵连长的缘故，给他去信的是乡武装部长袁华武。接到信，毛相林犹豫了两天，但最终还是卷了铺盖，踏上归途。袁部长只能通过他的家人，才能知道他的去处，而要找到他家人，就得有乡上职员下到那天坑里去。下庄村没有电话，村里人，包括村里的干部，没有非办不可的事，也不去乡上赶场。土生土长的下庄人进出天坑，也几乎是以命相搏，更别说乡里的干部。完全是出于对乡干部的怜惜，毛相林才离开湖北，回了家乡。

先得去乡上扯个回销。走进袁部长办公室，袁部长没有多话，劈头盖脸就是一顿批评。别的话毛相林都忘了，但有几句他至今记得："普通百姓可以随便外出，但你是村主任，不能撂下担子就走人！"

他听从组织，心里却犯嘀咕。

他也需要挣钱，也要养家糊口，而下庄村已无法满足他这简单的愿望。再说，留在村里，能有什么更多的事情让他去做？又是替人处理纠纷、操办丧事？

带着这样的苦恼回到家里，他却又挨了母亲的批评。

毛相林的父亲毛永义，是从朝鲜战场下来的老兵，立过战功，得过勋章，退伍后做过骡坪区（以前竹贤乡属骡坪区管辖）供销社主任，后辞职回家，紧跟着身体不好，常卧病在床。母亲杨自芝是老党员（毛相林出生前一年母亲就入了党），先任村农协主任，后任妇女主任，一干就是二十多年。

见到打工回来的儿子，母亲很是欣慰，但儿子明显带着情绪，母亲便对他说："家里困难，这是实情，可是你起眼一观，这村里，谁个家里又不困难？别人家困难，可以出去想办法挣钱，你不行！"

这些话，毛相林决定出门时母亲就说过，他没听进去。此刻，他还是没听进去——同样的意思，袁部长已经表达过了。他想不通的是，别人是人，他也是人，别人行的，他为什么就不行？比较起来，他家里更困难，他父亲是老病汉，女儿是先天性白内障，妻子又患有严重的神经官能症，他不需要钱？不该出去挣钱？

但母亲的话还没说完。

母亲接着说："如果你不想当村主任，当初你就不该去参选，选上你的时候，你也不该答应。既然答应了，就要守承诺，就要一心一意为老百姓办事。"

毛相林无言以对。

领导的话，母亲的话，都是对的，他心里清楚。

人无信不立，承诺重于泰山。作为干部，承诺更非戏言。那时候他还不是党员，但一直在积极争取入党，村里的老支书曾经说，党员乃民之秀者，如果连基本的承诺也不能信守和践行，又秀在何处？党组织又凭什么接纳你？

承认是一种力量

十四岁去县城，后来外出打工，再加上1991年，毛相林曾带着两岁的女儿去县城治过眼病，这三次经历，都让毛相林见识了外面的世界。

可当时，他并没十分往心里去，因为：那是"外面"，不是乡镇，更不是村寨，尤其不是原本比不上下庄村的七星村。

1997年9月的这天，从县党校回来，站在绝壁口，望着天坑下的村庄，毛相林说，他的心"被撞了一下"，撞得很痛。与此同时，那两个他知道但从没认真想过的成语——"井底之蛙"和"坐井观天"，突然跳出来，如两块峭拔的山岩。

原来，成语并不只是古人留下的话，也不只是写在书上的训诫，而是他和他们实实在在的生活。社会的进步已如三春芳草，绿遍天涯，可他们心里的天，还只是井底之蛙的天；按巫山人的说法，是"簸箕恁大个天"。

毛相林学历不高，却喜欢读书，念过私塾的老支书也教了他很多。老支书说，跟井底之蛙，没必要谈论大海，因为它们不知道，也不相信。不可语于海，更不可以语于天。当鸟儿称自己飞行百余里，来到井口找水喝，在坐井观天的青蛙听来，那显然是吹牛。世界宽不盈尺，说什么"百余里"!

他早就知道这些典故，却为什么一直没往心里去?

可见知道并不等于懂得。

要有切身之感，切肤之痛，人才可能真正懂得。

去县城学习，又让他增长了见识，加深了理解。

仿佛是为了专门教育他，从七星村回到党校，晚饭后还有一堂课，是堂历史课，老师以深入浅出的语言，讲述二百年前的中国。

那时候，大清国土上来了一位英国使者，名叫马戛尔尼，他代表英国政府，率团访华。乾隆皇帝闻言，搬出《大清一统志》查看。这部书显示，西班牙、意大利、法国等，才是欧洲大国，英国非但不是大国，连名字也查不到。而事实上，马戛尔尼到来时，英国已爆发工业革命十余年，蒸汽机已投入生产，蒸汽机车已投入运营，多功能纺纱机已投入使用，亚当·斯密的《国富论》已风靡一时……英国的上空，响彻着机器的轰鸣，弥漫着新时代的昂扬气息，迅速从一个农业岛国崛起为工业强国，工业生产量占世界总产量的一半。

乾隆帝和他的臣僚们，却对这些茫然无知。当英国积极拓展国际市场，尤其是有四亿人口的中国市场，派遣使团，带着国书和六百多箱礼物来到中国，清廷只认为是来称臣纳贡。使团带来的各类前沿科技，包括全欧洲最精美的天体运行仪，标有各国国土、首都和航海线路的地球仪，备有一百一十门火炮的英国最大战舰君主号模型，在乾隆帝眼里，都不过是奇技淫巧。他在给英王乔治三世的敕谕上宣称："天朝物产丰盈，无所不有，原不籍外夷货物以通有无。"

与此相应，因清政府给俄国赠送了原文《大藏经》，俄国回赠了八百多册现代科技图书，理藩院收到图书后，仅译出书名，便束之高阁。

天国上朝，世界中心，这是清政府的自我认知，事实上却"目光如豆"（马戛尔尼日记），夜郎自大。因此迅速成为落伍者，由天国上朝时代，进入不平等条约时代，继之群狼环伺，危机四伏，陷入殖民主义的深渊。

讲课的老师说，马克思对此早有预言："一个人口几乎占人类三分之一的大帝国，不顾时势，安于现状，人为隔绝于世，并因此竭力以天朝尽善尽美的幻想自欺，这样一个帝国注定最后要在一场殊死决斗中被打垮。"

听这堂课的时候，毛相林想到了自己，想到了他的下庄村，也想到了他在七星村的所见所闻。把如此宏大的历史事件拿来跟自己一个小人物和小事情类比，他觉得可笑，可细思量，又不可笑。再大的事件，也是由小事情构成的，大事件和小事情里蕴含的道理，是相通的。

承认。首先要承认。

承认自己不如人，承认自己落后。

承认是觉醒，是勇气和担当，也是一种力量。

症结：路

张眼看世界，是承认的前提。

现在，毛相林把眼睛睁开了，也承认了，这才发现，以前认为正常的，正常到天经地义的，现在都变得不正常了。

不正常到扎心扎肺。

一年四季吃"三大坨"，就是好生活？那不叫生活，那只是活命。动物也在活命，如果只讲活命，人和动物又有什么区别？"口钱货"当真应该不分青红皂白就受到鄙视？难道吃得可口些，喝得入味些，不是人之为人的基本追求？上山砍个柴，甚至上个厕所，就摔伤、摔残、摔死，就是理所当然的？要花几天几夜才能把学生的新课本背回来，学生去乡中心校参加考试，要提前一天过去，有亲戚就住亲戚家，没有亲戚就没地方住，是下庄孩子必须经受的苦楚？村民去县城买尿素，去来得要三天，甚至四天，全靠肩挑背扛，是他们必须承受的苦力？蔬菜卖不出去，猪牛卖不出去，生了重病也去不了医院，绑了滑竿勉强往山上抬，有时抬到半路病人就咽了气，也是他们必须承担的命运?

"那时候,我给自己打了几十个问号。"毛相林说。

又说:"那些问号一环扣一环,成了一条铁链子。"

他记得,二十多年前那个9月的一天,他站在天坑顶部,山风驱赶着乱云,暗红色的崖壁时隐时现,他火辣辣的眼睛,追随着云影,在崖壁上抠。

和他目光一起奔跑的,是七星村的盘山公路.

那水袖般的姿态,看上去,想起来,都养眼养心。

七星村和巫峡镇之间,隔着长江,以前没公路时,去镇上赶场,得步行下山,再渡船过江,回来过了江又上山,站在村里就能望见的镇子,去来一趟得花整天工夫,常常是打早出门,摸黑回家;现在修了公路,也架了桥梁,汽车来来去去,打个唿哨,就到了镇上,再打个唿哨,又回到了自家屋檐底下。

有了这种便利,他们才敢不种庄稼,只种李子、油桃等果木和经济作物,拿到市场上销售,换回需要的物品。

这明明白白就是一场革命:乡村革命,也是观念革命。

这场革命在别处早就发生了,而天坑里的下庄村,却还在自满于"不挨饿"。正如乾隆帝,把老百姓贫困线下的自给,当成了"物产丰盈"。

在下庄人的词汇里,没有"冰箱"两个字,也不会想到苞谷收获一个多月,还能吃到嫩苞米,更不会想到天寒地冻的春节期间，也能吃到嫩苞米（李大哥说过，他要把冻起来的嫩苞米留到过年的时候吃）。换个季节吃一样东西，就能吃出完全不同的滋味，如果换一种想法，换一种观念，该会带来怎样的格局？

第一步，是要有一条把血管打通的路。

下庄人缺少的，下庄村需要的，也是一条路。

毛相林的目光在崖壁上抠，抠的正是那条路。

他暗下决心：带领村民，用双手去抠出那条路！

对一条路的想象和观察

实话说，我对毛相林感兴趣，起初并不是因为他带领村民修出了一条"绝壁天路"，而是他和下庄百姓的生存处境。

重庆境内的著名天坑，奉节小寨我没去过，云阳龙缸是去过的。库区蓄水前，三峡奇观令世人惊叹，龙缸地处长江中游，三峡举目能见，可它引起的震撼，依然彻骨。其东西直径三百余米，南北直径近二百米，深五百余米，为何如此巨大，穷尽想象，也难以自圆其说。其实无须说明，它只是以缸的形态，千万年存在于那里。登上刀锋似的狭窄山脊，风碰撞着风，飕飕而鸣。阳光以它诞生时的面貌，干干净净地洒下来，把天坑注满，再从缸沿溢出，漫过游客的脚背，泻入万丈深谷。而位于巫山县竹贤乡的那个无名天坑，比龙缸深两倍有余，面积更是大得多，"井口"直径约九公里，"井底"直径一点三公里，形如漏斗，却在接近漏斗根部的位置，立着一带村庄，生活着数百民众。他们跟我平常所见的人有什么不同？日常起居婚丧嫁娶是怎样的？老人生病吗？孩子上学吗？……

我首先是对这些感兴趣。

当我揣度他们是否真如小国寡民老死不相往来，还是也要与外界沟通，才想到了那条路，也才对那条路产生了好奇，并专程前往下庄采访。

同行者，刘华、罗一凡、赵嘉睿，后两位是中国电影艺术研究中心的在读研究生，因为疫情，推迟了上学，便想利用这机会，去近距离见识一下那个传说中的人物和村子，既做社会调查，也搜集剧本素材。几人从成都出发，先坐高铁去万州，再坐汽车去巫山。到巫山已是深夜，在县城住下，次日一早，县委宣传部派了车，送我们去下庄村。开车的小魏，是宣传部某科室负责人。社科联主席李能敦也将过去，帮助我们联系采访事宜。去下庄没有班车，找毛相林的人又很多，没有他们搭手，会非常麻烦，因此特别感谢他们的帮助。

车出酒店，路即刻上扬，以简捷到粗暴的方式提醒你：这是要去山里。

可事实上，车开了很长时间才出城。

巫山比重庆更是山城，眼见峭壁耸立，草木恣肆，野态横生，以为早入山区，转一个角，却又见了县医院和县中学——依然在城里。直待上到山顶，天低了，视野开阔了，小魏才说，这是真正出城了。

出城不久就扎进雾里。大雾蓬蓬勃勃，浪奔浪涌，把远近山体罩住，穿行在山体间的路，被干净利落地淹没，行车如同潜水，涣涣泱泱，东西莫辨。好在近几年来，小魏常往下庄村跑，熟悉路况，否则寸步难行。

行至中途，云开雾散，这才发现我们是奔跑在悬崖边。崖岸生着灌木，但根本无法予人安慰，眼睛稍一斜视，就能越过林梢，看见深切的河谷，深到目光之外。"如果摔下去……"这样的念头总是抑制不住。

但无论如何，这条路是向前延伸，虽起伏不定，大体还是平躺着的。

下庄村的路，却是向上或向下，是一条站着的路。

在中国西南山区，站着的人行路比比皆是，站着的公路会是什么样子？正自猜疑，听见小魏说："这里就是下庄公路的起点。"

起点是平常的，无非是路变瘦了，要论险峻，还不及身后那条躺着的国道。青枫树和核桃树，长在路外的林子里，旧叶早尽，新叶未出，望过去，是被枝柯分割的天空。枝柯在寒风里轻颤，使天空越发地成了虚空。车仿佛也浮荡在虚空里，左摇右摆，陷入挣扎，感觉不是向前开，而是朝深处犁。

很快，树没有了，草也没有了。

只有石头。

除了石头还是石头。

灰白色的石头。

暗红色的石头。

深紫色的石头。

凝聚了万万年光阴的石头。

即是说，这里的路，每一尺，每一寸，都是在石山上开凿出来的。透过车窗，几乎看不见路——路只是短暂延伸，瞬息间就消逝在石山的肚腹之中。它们并非站着，而是枝枝杈杈，呈折叠状。或许有风，却看不见风的形态，也听不到风的声音，大山静穆着，静穆得空空阔阔，可我耳朵里却啪啪有声，那是路折叠时摔打出的响声，也是修路人强韧不屈的对终点的渴望。

到了一个名叫鸡冠梁的地方，小魏停下来，说这里相对宽些，有个观景台，名叫天路观景台，能望见下庄村。于是下车，探近崖口。其实并不是宽些，而是把观景台用玻璃悬空搭在了崖口之外，站上去，见脚底即是深谷，梦幻似的草梢和淡蓝色的空气，魅惑地招摇。外侧修了围栏，却还是步步小心。扶着栏杆，目光飞纵而下，房舍渺茫浮现，如同在城市的夜空里找星星。

望得眼睛酸了，便回转身来，这时才惊异地发现，车子停靠在一重褐色山岩底下，那样子，像塞进了山的牙缝，显得特别小，特别脆弱，山岩只要动一动嘴，就能把它吃进去。小魏说："这一大片都是整块岩石，路是从岩石上抠出来的。"

我想起毛相林在电视上说过的一段话，他说："下庄的路，不能修，只能抠。用手，用胆，用血，用肉，甚至用生命……"

我深感疑惑的是，毛相林在七星村受了刺激，感叹外面的发展，决心带领村民修路，而要修出这条路，需要付出多么高昂的代价！下庄百姓凭什么要跟他走？即使毛相林有威信，在"从没饿过饭"并非活不下去的情况下，要人赌上身家性命行事，也是不可思议的。然而，下庄人不仅跟着毛相林走，还一条路走到底。

这是为什么？

"不能让学校比农房还差"

修路成为毛相林最迫切的愿望，但他首先着手的，却不是修路。

而是修学校。

"不能让学校比农房还差！"他说。

而今的竹贤乡下庄村小学，就是在1997年建成的校舍基础上，经过改造后的面貌。学校位于村子半坡，三面是菜地，一面接马路，有校门，有操场，操场上有个乒乓球台，有个篮球架。操场边的挡墙刚刚粉刷过。墙上办了宣传栏，多为图片，展示当年修路的场景：陡坡，乱石，绝壁，在绝壁上挥舞大锤的身影。也有水粉画：盘曲的公路，葱茏的林子，飞翔的小鸟，辽远的天空……一行三色粉笔字格外醒目："大人流血修路为我们，我们读书为下庄明天。"

靠山的一面，矮梯之上，是间教室，摆放着十余套桌凳，安装了宽大的磁性黑板，后墙张贴了学生画作，基本主题和挡墙上的类似。教师一位，学生十名，其中幼儿班四名，三年级六名，是复式班。

教师名叫张泽燕，1979年从父亲手里接过教鞭，迄今已历四十余载，教了下庄村三辈人。当时配了三个教师，但其实没有学校，更没有教室，总共六十来个学生，挤在三个教师家里上课，桌凳学生自带。张老师教三个班，家里堂屋放两个班，阁楼上放一个班，他就楼上楼下跑。孩子小，免不了斗嘴打架，他刚上楼，楼下吵起来，又迅速下楼；才下楼来，楼上又打起来了。

毛相林当选村主任后，召开村民大会，决定把村保管室改作教室，村民按人头出木料，村集体出工钱，请人做桌椅。"做结实点。"毛相林叮嘱。但保管室和教师家一样，土坯房，条件十分简陋，风来了风吹，雨来了雨淋。

再简陋，也有了学校的样子。

"我们终于可以在教室里给孩子们上课了。"张老师说。

不久，另两位老师退了休，外面没老师愿意进来，就由张老师独自撑持。

说起这些旧事，张老师没有怨叹，而是充满深情。在他心目中，学校的成长也如孩子的成长，不管起点多低，只要在成长，就蕴含着全部意义。

他是我在下庄村采访的第一个人。

那天我们进村后，刚在农家乐旅社放好行李，便听到雨声。雨声很响，噼噼啪啪打在房顶和柑橘树上。下雨和旅途劳顿，都不意味着可以休息。时间很紧，想见的，想听的，却又是那样多。我们的住处离毛相林家不远，过个院坝，上一坡石梯就到，但毛相林正在老房子召开村委会，不便打搅，就先去学校。这正好。学校是个时间性的词语，是时间的接头，连接过去和未来，并雕刻着现在。

我曾怀疑下庄孩子是否上学。事实证明，他们不仅上学，还是在村庄最好的地段上学。下庄村由若干台地构成，每块台地都窄小，很难同时立起来几幢房子，所以他们的邻居，要么在高处，要么在低处；而学校用地，显然最为平整和宽敞，且在半坡，村庄一头一尾的孩子，上学路程相当。

李能敦也跟来了。他是自己开车来的，和小魏一样，往下庄村跑得多，熟门熟路。他领着我们，沿公路曲折下行，几分钟就到了校门口。

张老师正在上课。他讲课用的是普通话，说得不标准，但声音洪亮，中气十足。我们撑着雨伞，站在教室外等候。下课过后，李能敦进去交涉。张老师早就认识他。从县城里来的领导，包括李能敦和小魏，不少村民都认识。

隐　痛

在川渝地区，下庄人平均身量偏高，男人上一米七五的，不在少数，刚过一米五〇的毛相林，才不得已自称了"毛矮子"。张老师不仅个子高，还壮实，头上也无白发，完全看不出已年届花甲。他把我们迎进教室，小不点儿的学生娃好奇地打量来人，我们问话，羞涩地笑笑，就跑了出去。张老师招呼我们在学生凳上坐下，为我们简述了学校的历史，然后说："你们看见了，刚才那些娃娃就是我的全部'家当'，现在的家长，都把孩子送到乡中心校去，好些还送到了骡坪镇（以前的骡坪区，区一级撤销后，变成了骡坪镇——作者注）。"由六个学生组成的三年级，是张老师从幼儿班带上来的，很可能，等不到带毕业，就都转学了。

"只要有一个没转走，我就教下去。"张老师说。

说的时候口气坚定，眼神却很无奈。

这是目前众多山区村小的现状。

李能敦说，竹贤乡的另一个村小，当父亲的在学校教书，当母亲的在学校做饭，而学生，只有他们自己的两个孩子。我所知道的某些学校，包括我川东北老家的学校，以前配备了三个教师，后来学生流失，教师却调不进乡镇，他们的文凭也没有资格进乡镇，如果不像下庄这样有教师退休，大家就都留在原地，而留下来的学生，很可能只有一个，或者两个，因此教师反比学生多。

谈到这话题，张老师怅然若失。他生着一双大眼睛，教了几十年书，眼里满是慈爱。慈爱的无奈，显出别样的动人。

站了一辈子讲台，到头来，却没有学生让他教。

"下庄村小学"也已名不符实，因而只叫了"下庄村教学点"。

但张老师也承认，乡镇学校的教师配备更齐整，教学质量也更高。还只能在家里上课那阵，他带的班级，期末统考，在全乡村小中就年年排名第一，可那是跟村小比，不能跟中心校比。既然村民有了条件，让孩子接受更优质的教育，是天经地义的。"我再认真，再敬业，毕竟没见过多大世面。"他说。

他平生走得最远的地方，是重庆，连宜昌也没去过。宜昌虽属湖北，距巫山却只有百余公里，比重庆近得多。前些年，他去县城学电脑，不知道鼠标，不知道键盘，不知道怎样开机、怎样建文件夹……啥都不知道。不知道，他就问，老师姓王，比他年轻很多，是个三十余岁的女子，"虽然王老师表扬我学习态度端正，可是遇到太愚笨的学生，有时也难免不耐烦。那是暑假期间，她儿子跟着她，后来我再问，她就对儿子说：'你给他解答一下。'小家伙果然就来帮我，指拇一阵乱戳，电脑就通了，然后细心地给我讲步骤。那小家伙只有五岁呀！"

张老师笑起来，笑得孩子般羞涩。

与王老师的儿子相比，下庄村的学生，就更是"井底之蛙"了。"我们是老青蛙，他们是小青蛙，都在井底，望着簸箕恁大个天。"以前，"小青蛙"们的脑壳里只装两样事情：学习、劳动。让他们造句，不管给出什么关联词，最终都落实到这两件事上。比如用"一边……一边……"造句，就是"一边学习，一边劳动"；用"因为……所以……"造句，就是"因为学习，所以劳动"；用"如果……那么……"造句，就是"如果学习，那么劳动"。

他们再也想不出别的事情来了。

确实应该走出天坑，去望一望比井口更大的天。

然而，当初建学校的时候，教师张泽燕显然没料到是这种结局，支书毛相林同样没有料到。毛相林从党校培训班回来，雷厉风行地召集村支两委商议，决定由村集体筹集物资，村民出义工，把半坡的那片台地拓宽，修成教室。教室旁边，还修了教师休息室，休息室里挖了火塘，可以烧开水，可以做饭，也有足够的空间堆放杂物。为了让孩子们知道学习和劳动之外，还有升国旗、做运动，地再紧，也留出操场，在操场上竖根旗杆。每周一早上，开课前升国旗，唱国歌。

第一次升国旗时，毛相林带着村干部一起参加。"那是神圣和庄严的时刻。"毛相林说，"人是需要有庄严感的，有那个东西在心里面，人就不会塌。"孩子们虽然小，同样能体会那种庄严，目光随国旗徐徐上扬。高处天风鼓荡，旗帜随风招展。旗帜之上，有飞翔的岩鹰。岩鹰之上，是古老而新鲜的蓝天。

毛相林相信，这是另一种拓荒。

学校焕然一新，下庄孩子的读书声，必将更加洪亮。

他是这样憧憬的。

所以修学校时，他才格外卖力，搬石头、砌基脚，凡重活都抢在头里。瓦运不进来，他亲自去天坑之外，请来烧瓦师傅，临时打窑。烧瓦是门技术活，要点在掌握火候、控制时间，为此，毛相林好几天不回家睡觉，通宵守着。

"我读书少,"他说,"但我想让娃娃们有个好的学习环境。"

可二十多年过去,本来坐得满满当当的教室,空出了大半。

见到毛相林时,我没问他如何看待这种现象。大势所趋,他也无能为力。要毛相林预测十多二十年后的未来,是苛刻。只要当初诚心诚意也尽心尽力去做了,事实需要他充分回应的时候,他充分回应了,也就完成了自己的使命。我问毛相林的是:那时候,你的切肤之痛分明是下庄村没有路,却为什么首先想到修学校?

对此,他没正面回答。

沉吟良久,他才说:"再不跟上去,我们就成为最后一代下庄人了。"

说得像是自语。

"最后一代下庄人",自20世纪90年起,就是下庄人的隐痛。

隐痛与现实

隐痛正变成现实。下庄村在慢慢变空。

先于学生流失的,是村里的壮劳力,他们三五成群外出务工。尽管深陷于天坑,却也像全国各地的农民工,背着硕大的帆布包，步行到乡镇，再坐汽车去县城或市里，再坐火车奔赴大江南北。在某个工地或厂子安顿下来，他们，就成为全家人生活的保证，也成为全家人的希望。

开始走的是男人，后来女人也走了。姑娘们结伴而行，若结了婚，就跟着丈夫。要是在外面怀上孩子，会在临产前夕回到家乡，孩子落地，体力稍有恢复，又立即动身，甚至等不到孩子满月，更不可能等到孩子断奶。哺养的任务，全部丢给了老人，孩子也多不是吃母乳度过他们的婴儿期。

开始走的是青壮年，后来五六十岁的也跟去了。这些人可说是村里仅存的劳力，他们离开后，村庄不仅空了，还荒芜了。荒芜是最大的空。养育了数十辈下庄人的土地，长出了杂草，生出了荆棘和灌木。又过些日子，还会长出高大的乔木，恍然看去，根本不知道那里曾经是田地，曾有人在那田地里耕种。

远离故土，想念家乡，想念家乡的亲人，却只能把想念存于心底，不到腊月将尽，就不可能回来。而每年回来也是奢侈，大多隔年才回。数年不归者，也不在少数。他们成了游子，吃喝着远方的饮食，呼吸着远方的空气，日子久了，故乡就淡了，只把他乡认故乡。

特别是那些年纪轻的，偶尔回来一趟，屁股没坐热，就又离开，不急着远走，也要去乡镇或县城找朋友玩。他们已在下庄村待不惯，天坑里的白天黑夜，已被他们嫌弃。说了多少辈人的方言，也被他们嫌弃。他们都说普通话。这普通话不是张老师教的，张老师讲课，是最近几年才按照上面要求，必须说普通话。他们的普通话比张老师说得顺溜，但也明显带着方言腔，只不过不是下庄方言，是别处的方言：去的是广东，就说广东腔普通话；去的是安徽，就说安徽腔普通话。

口音的改变显得别扭，但意义非凡。

它代表的，是对下庄身份的撇清，是对远方和他乡的认同。

当他们在外面站稳脚跟，就回来带走孩子，送进农民工子弟校。孩子可能已经五六岁、十来岁，见到父母的次数，五根手指掰不完，跟父母不亲，只尾随在爷爷奶奶、外公外婆身后，但天生的好奇，让他们对父母口里那些陌生的名字，那些被称为"外面"的地方，充满了向往，于是默默无言地，跟着父母爬出了天坑；待他们下次回来，假期未半，就吵嚷着要"回去"。下庄村有爷爷奶奶、外公外婆，但没有超市，没有玩具，没有宽阔的马路、奔驰的汽车、高大的房子，也没有明亮的教室、舒适的桌椅和穿得漂漂亮亮的同学……

那些打工日久的，初出门时的兴奋倒是淡了，终于想起了自己的根，于是把存下的钱，拿回家乡置房。这家乡却不是指下庄村，而是竹贤乡，或者骡坪镇；如果做着生意，挣了大钱，还是指巫山县城。

在乡里人的观念中，亲手修建或花钱购买的房子，才是

"真正的"房子。"真正的"房子在哪里，家就在哪里。当那样的房子不在下庄，他们也就把家搬走了。这辈人和上辈人，还知道自己是下庄人，再过一代、两代，就只说自己是竹贤乡人、骡坪镇人、巫山县人。下庄村跟他们没有什么关系了。

人走了，狗却不愿走。狗眼里的家，是不能变更的那所房子。所谓忠诚，就是好也是它，歹也是它。有的人，把狗带到乡镇，住进楼房，它们却又循着来路，跑回原地，奔到土坯房的旧居前，急切地抓门。门闭着，抓不开，而且再也抓不开，便呜呜低鸣。后来不再鸣叫，只或坐或卧，守在门前。

我们到下庄村，就遇到这样一条狗。这条狗的主人，十余年前就搬走了，它在村里吃着百家饭。算起来，它已是一条老狗，主人的房子，早就塌了，废墟清理后，像那地方从来就没人住过，它连守候的理由也被剥夺，就在村道上走来走去，步态迟缓，神情忧郁，走几步停住，四面张望一阵，再接着走，实在累了，就以前爪做枕，随地躺下，闭上眼睛，做着昔日的梦。村里来了客人，它才迈着小跑，奔到客人跟前，在客人的鞋子和裤腿上嗅，看是否带来了它旧主人的气息。大概总是失望的。我们在下庄村，天天碰见它，也喂它吃的，却从没听见它叫过一声，偶尔跟我们亲热，也是带着警惕和忧伤的亲热。

住在村小底下的老大娘说，二十多年前的下庄村，这种景象随处可见。

那时候，好像每天都有太阳，而太阳出来，就是为了照见下庄村的空。

一个人口越来越少的村庄。

一个渐次荒芜的村庄。

这样的村庄还能叫村庄吗?

骨　头

于是有人提出整村搬迁。

毛相林已记不起是谁第一个向他提出了这种建议。刚听到这句话，他的心就被悲伤漫住了。"我不晓得你们看没看过一张照片，"他说，"三峡移民时拍的。一个五十来岁的男同志，用尖底花篮背着一棵桃树，坐在山岩上歇气。正是二三月间，桃树上开了满树桃花。他要把这棵桃树背到他的新家去。他的新家可能远得很。山东、江苏、上海、浙江、福建……十个省市，都安置了三峡移民。当然也有近一些的地方，湖北、重庆的非库区，也要安置部分移民。看到那张照片，我的眼泪一下就飙出来了。我想起了当年下庄村面临的处境。"

客观分析，下庄不整村搬迁，又有什么前途? 走遍天下，哪见过一个村庄是落在天坑里的？天坑里长了植物，被称为"地下森林"，在天坑里生活的人，是不是也要称为"地下人"？"地下人"还算不算人？

毛相林想着这些事。

要是有条公路，有一条打通外界的血管，天坑底下和天坑之上，就能融汇和循环，"地下人"就会成为"人"的一部分。然而，四面绝壁，怎么可能修公路？把这当成笑话说可以，落到实处，就会变成更大的笑话。

倒是还有一个办法：修索道，通缆车。

可那玩意儿是要笔巨款的，关键问题是，还要一次性拿出那笔巨款。

下庄人把自己卖了，也凑不起那笔钱，国家也不可能投那笔钱——与其投那笔钱，不如整村搬迁。别说搬一个村，整个乡也有搬走的，比如巫山县庙堂乡，就整乡迁到了三小时路程外的两坪乡，分散到两坪乡的五个村。尽管这是2008—2010年之间的事，但它说明，整体搬迁是可行的出路。庙堂乡并没在天坑里，无非是地处山沟，交通闭塞，过着日出日落、肩挑背磨的日子，村民还常被毒蛇咬伤，因救治不及时，也无法及时，可能锯了腿，甚至丢了命。即便如此，与下庄村比，到底也算环境优越，但照样搬了。

县里的意见也明确下来，并给下庄人指了地方。

"我带人去看了那个地方。"毛相林说。

回来后，他召集村民大会。那时候，他已是共产党员，由村主任变成了村支部书记。党员说话更要实事求是，他便实事求是地说："那地方是缓坡，敞阳，田地也多，我们住到那里去，有柴烧，有地种，更重要的是，进出再不用像现在这样费力。"说了这些好处，他补了一句："只是土质不好。"

会场上哑然无声。

后来终于有人说话了："土质不好我们去做啥子？"

一人说，众人和："土质不好，我们不去！"

这其实也是毛相林的意思。

下庄村没饿过饭。

下庄村一直以土质好而自豪。

但这是理由吗？作为农民，他们深知土质是可以培育的，地是越种越熟，"熟"的意思，就是肯出庄稼。而且，下庄村的土质好又怎样呢？大片土地抛荒了，不种庄稼了！做儿女的去外面打工，也总是写信或带信回来，要父辈和祖辈保重身体，别太劳累，田地能少种就少种，自己够吃就行。

土质好，不能成为留守的理由。

土质差，也不能成为拒绝搬迁的理由。

真正的理由藏在心里。

许多年来，许许多多年来，他们挖地的时候，不经意间就会挖出一截骨头。其中有动物的骨头，也有人的骨头。他们认定，人的骨头是他们祖先留下的。几百年过去了，一代一代地新生，一代一代地死亡，死亡并不是彻底地失去，而是在天地间留下了形迹。挖地的人，把骨头拾起来，拿在手上，感到温暖和安定。放眼天坑里的村庄，近千亩土地，都是祖祖辈辈用汗水开垦出来的。

即使是动物的骨头，他们也从不糟蹋，而是认真地看上几眼，又细心地埋于深处；那些动物跟下庄村的先辈一起，度过丰年里的光阴，也度过灾岁里的光阴，一程接着一程，子子孙孙才走到了今天。

包括山山水水，一草一木，哪一宗没为下庄人付出过？

下庄村，是下庄人的亲人和恩人。

把亲人和恩人抛下，舍不得。

别说真的抛下，只那样一想，心里也像遭到了砍伐。

"忍"出来的日子

最终，下庄村没有搬迁。

整村搬迁让他们心痛。

毛相林没这样表述，而是说："他们是不晓得，我们下庄景有多美、土有多肥，如果我们走了，这么好的土地就荒废了！"

县里尊重他们的选择。

任何选择都意味着承担。当下庄人决定了不搬，同时也得到了上级许可，他们才回过头，审视自己的生活，这才发现，搬迁是一种痛，不搬，又有另一种痛。

这另一种痛更切实，更具体。

比如张泽燕，做了十多年民办教师，到1992年，经过考核，可以转成公办了，但村里没电话，只能派人到下庄村来，通知他去填表。那人走了三天，也没能走到下庄村，因此错过期限，张老师转正，也就拖到了1997年。这让他伤心。既伤心钱，也伤心延迟五年自己才被承认。两者相较，后者更让他伤心。乡村的有些民办教师，干了一辈子，到退休的前一天还在翘首期盼，盼的就是个"承认"。张老师的父亲就是如此，但最终也没能盼到。

过了这个村，不一定还有那个店。张泽燕说，某天吃午饭时，他知道了自己误期的事，顿时急出一身汗水。事过多年，他眼里还深含恐惧，点点滴滴给我们描述，他怎样饭碗一丢，立即出发，刚爬出天坑，就下起瓢泼大雨，天空乌黑，他冒雨摸黑行路，摸到后半夜，才到了骡坪区，找到相关负责人的家。敲门，人家以为是强盗，不敢开，他想谦卑地报出自己的名字和身份，却又压不住河吼似的雨声，只能很没礼貌地喊叫。里面的人终于听清，把门打开，他进屋去，整个人成了个破水罐，顷刻间，水淌一地。领导没计较，给他找来衣服换上，听他陈述，深表同情，可任何事情都有规矩，期限已过，他再填表，就坏了规矩。

他是人民教师，懂这个道理，于是诺诺连声。

比较起来，他无非是延迟了转正，少领了工资，那些得了急病，因请不来医生眼睁睁看着咽气的，花几个钟头才抬到半路终于扛不住奔向奈何桥的，上山砍个柴脚底一滑就摔成肉饼的，又该怎么说呢？

包括张老师的妻子在内，就是那样丢了命。他妻子发高烧，大风天气，不敢朝山外抬，他就出村请医生，等他带着医生回来，妻子已与他阴阳两隔了。

这些极端事例且不论，日常生活也往往不堪。

巫山县政协副主席李振国，是我大学同学，正是通过他，我联系上了巫山县委宣传部。李振国说，巫山波澜壮阔的绝美风光，红叶是其中一种，比如神女峰的红叶，就独树一帜，远近闻名。巫山因为有神女峰，被称为"中国恋城"，红叶又为"恋城"披上了绚烂霞光。从2007年起，巫山每年举办"红叶节"，以歌舞、曲艺、器乐、音乐剧、微电影、诗歌大赛、摄影大赛等形式，艺术地展现"金秋的诗""故乡的红""红叶的爱"等主题，引来八方游客。红叶予人喜庆、浪漫和遐想，却不知红叶之所以红，是因为土薄。巫山的土，薄而且瘦，因此秋叶红得格外艳丽。土稍厚一点、肥一点，色彩就有些浑浊，不再那么好看。人们在欣赏红叶、赞美秋色的时候，何曾想到过这其中的悲情。

下庄村被开垦过的土地，确实肯长庄稼，即使不能说是膏腴之地，也还算得上沃土，而四面山体，要么石壁，要么薄壤，薄壤上长出矮小的柴禾。喀斯特地貌不仅使地表缺水，也缺矿物质，加上土层贫薄，长不出高大树木。而那些矮小的柴禾，往往还是苗子就被砍掉，夏秋时节，山上也是光秃秃的。

即是说，下庄人就算砍柴摔死了人，到头来还是没柴烧。

"留得青山在，不怕没柴烧"，这句俗语说的是：古时候有俩兄弟，哥名青山，弟名红山，青山住东岗，红山住西岗。西岗树木稠茂，红山将其全部砍伐，烧成木炭，种上庄稼；东岗树木稀少，青山将不成材的砍了烧炭，植上能成材的新苗，在岗下开荒种田，养牛喂马。三五年后，红山过不下去了，只好到东岗投奔哥哥。哥哥这边五谷丰登，牛马成群。红山落到那步田地，表面上是暴雨骤至，冲毁了西岗的庄稼，而东岗有林带防护，庄稼和草场都没大受损，但俗语本身却表明，最根本的原因在于：红山的积炭已经用光，西岗再无树木，没有柴烧。

没柴烧和没饭吃一样，都过不下去。

下庄人在天坑里过了数百年，依赖的是忍。

就像红叶。巫山红叶多为黄栌树，他们把黄栌树叫"黄聋子"，意思是不管土薄也好，土瘦也好，黄栌树都装聋作哑，不闻不问。

下庄人比黄栌树显得自觉，是自觉地"忍"：不是没柴烧吗，那么饭煮到半熟就开吃；数九寒天，泼水成冰，也不烤火。

"忍"出来的日子，自然谈不上好日子。

下庄人的秘密

作为迁徙来的山地居民，民歌就长在心里，但随着时光的流逝，多不再唱了，嗓子荒芜了，民歌也尘归尘、土归土了。可有一首至今传唱着。如果看过有关下庄村的视频，包括中央电视台录制的相关节目，就能听到那首短歌：

下庄像口井，

井有万丈深。

来回走一趟，

眼花头又闷。

某些地方把"头又闷"写成"头又昏"，其实"闷"字更好，除了有昏的意思，还有脑子里嗡嗡作响的意思。

演唱者名叫彭仁松，就是下庄村村民。

我们去的第三夜，彭仁松到我们住地，专为我们唱民歌，除他自己新创作的几首，就是上面那首古老的短歌。

真正的民歌无须伴奏，就是"吼"。彭仁松长虹贯日般的嗓音，高亢而悲怆，是咏叹，也是述说，与古时巴人传下来的"丧歌调"极其类似。

巫山地处三峡库区腹心，聚三山九峡，融巫文化、楚文化和神女文化。"巫山"之命名，尽管史料说得明白——战国属楚，楚设巫郡，至秦昭襄王三十年，设巫县，至隋开皇三年，将巫县更名巫山县——但我怀疑，巫山之名的由来，与巴人有关。巫山地区是古巴人的重要活动据点。"巫山高不穷，巴国尽所历"，当李白登上巫山最高峰，其思古幽情，因巴国而起。大宁河小三峡巴雾峡北口，滴翠峡飞云洞口，均有悬棺，悬棺正是古巴人的民风遗存：父母亡后，尽产为棺，"于临江高山半胁凿龛以葬之，自山上悬索下柩，弥高者以为至孝"（张鷟《朝野佥载》）。巴人尚巫，将生存之地以巫命名，是把自己的信仰书写在天地之间。

这真是大手笔。

下庄人虽是迁徙过来，但并不排除他们同样是巴人后裔的可能性。巴部落本就是个迁徙部落，他们起源于鄂西清江流域，后因故徙居，大部沿长江西进，少部东扩至江汉平原，后来迁到四川的民众，来自鄂西和江汉平原的非常多。巫山境内的大宁河，自古就是连接中原和江汉平原的水上走廊。

当然，是不是巴人后裔毫不重要，他们来到巴地，就把丧歌调纳入对民歌的演绎，且用于描述自己的生存处境，这才是重要的。

其重要性在于：它见证了在下庄人的内心深处，哪怕深爱着这片土地，也不认为自己是生活在桃花源里。

他们并不满足。

年轻人不解先祖的酸辛，免不了埋怨：天下如此广阔，为什么要选这个鬼地方落脚？埋怨之后，可能直接嫌弃了故土。老辈人不嫌弃，却也渴望着改变。

整村搬迁是一种改变，既然不愿整村搬迁，那就在现有的基础上改变。

这种内心秘密，是民歌昭示出来的。

有关下庄村的传说，同样说明问题。

村子底部二百米处，山壁夹峙着后溪河，初春时节，竟水势汹涌，证明河道虽窄，流量却大。相传，河里有条龙，不知何故，被玉帝锁在了下庄。受不住闭塞之苦，龙奋起抗争，腾空一跃，立身岩口，仰天大笑。天庭震怒，一声霹雳，将龙的下巴打掉，三天三夜，血流如注。从此，龙身化为巨石，万万年困缚山巅。龙的抗争以失败告终，但下庄人却不把它叫"困龙"，而称"笑天龙"。

任何时代任何地方的传说，包括对事物的命名，都不是随便来的，而是精神和梦想的人格化。那条不屈的"笑天龙"，便是下庄人的自喻。

村子中部，至今残留着一壁清代古墙，墙体间，用条状沙石砌了矩形门，门上一副楹联清晰可辨："云润星辉光凝化日新恩溥，兰馨桂馥瑞蔼阳春世泽长。"这透露出的是文采，更是对传承及功名的企望。

张泽燕老师教的有个学生，名叫周玉波，三年级的时候做美术作业，画了一带村庄，天上有风筝，地上有房子，房子旁边还有些小方块，他说是车。那是20世纪90年代初期。更早的80年代，读四年级的毛相斌去乡上参加考试，作文题目是《我的××》，他写的是《我的车车》。据张老师说，这篇作文得了零分，因为阅卷老师觉得，下庄那地方，再过一万年也不可能有车去，写"我的车车"，无异于痴心妄想。

可自古以来，下庄人就怀揣着"痴心妄想"。这从他们给孩子取名也能见出端倪。比如彭淦，淦有激浪的意思；再比如陶骥，骥是千里马。

——1997年9月的那天，当毛相林从党校培训班回来，目光在乱云飞渡的崖壁间抠路，他的脚下，他的心里，就铺展着这种深厚的土壤。

种　子

　　毛相林有段话广为流传，就是习近平总书记《在全国脱贫攻坚总结表彰大会上的讲话》里引用过的那一段："山凿一尺宽一尺，路修一丈长一丈，就算我们这代人穷十年苦十年，也一定要让下辈人过上好日子。"

　　听上去是那样熟悉。是的，那是愚公说的。当是时，太行、王屋二山，方圆七百里，高万仞，"年且九十"的愚公，住在山的正对面，苦于北部阻塞，进出都要绕道，就率领儿孙，叩石垦壤，将挖下的土石，运于渤海边。邻居家孩子才七八岁，也跑来帮忙。冬夏换季，他们才能往返一次。河湾上的智叟见了，哈哈大笑，对愚公说：凭你这风烛残年，连一棵草也动不了，还想把山搬走？愚公回答说：我死了，还有儿子，儿子又生孙子，孙子又生儿子，子子孙孙没有穷尽，而这两座山却不会增高，凿一点就少一点，终有一天会凿平。

　　"愚公移山"，构成向往世界、攻坚克难以及关于恒心和信心的寓言，也成为构建中华民族精神品格的源头性文化，它像一粒埋在远古的种子，不断被迎进丰饶的土地，开花结果。

　　现在，毛相林又接过了那粒种子。

毛相林说："听总书记提到我，在大会上讲我说的那段话，我的眼泪出来了。"

是因为激动，也因为想起当初的内心挣扎和千辛万苦，而百感交集。

何为主将

学校修好，家长和孩子们高兴，特别是孩子，此前数十天，每天放学，都跑到新校址，看教室一天天长高，操场一天天平整，这天终于修成了。但毛相林没有庆贺，连庆贺的想法也没有。他的心里，装着比修学校难一万倍的事情。校舍竣工，是在一个阴雨天的下午，收了家伙，毛相林独自朝家走。他的家在学校上方，路虽不远，却一路稀泥。只要飞些毛毛雨，路上、田埂上，包括家家户户的房前屋后，就被剥掉一层皮。雨已下了两天，越剥越深，成了烂路，脚后跟扬起的泥点子，打在裤腿上、后背上，也飞到头发上，像毛相林这种"矮子"，更容易从脚涴到头，自后面看去，就像一面移动的土墙。好在他戴着斗笠。

走到半途，毛相林停下来，举目张望。

雨变小了，成了霏霏细雨，只是空气被水汽胀满，才感觉四野淋漓。毛相林把斗笠取下来，任雨飞到脸上。暮秋的冷雨，每一粒都是一根银针，扎进他的皮肉。他需要这种针扎般的感觉。透过雨帘，照进眼里的，是万古山岩。初看，山岩在远处，再看，见它移步朝他走来，越走越快，快得像扑。

"我当真像被它扑倒了。"毛相林说，咻咻抽气。

那时候，他猛然间懂得了鸡蛋的心情。鸡蛋去碰石头，碰之前，就该知道自己的命运，可它偏要去碰，碰的结果，没有意外！

这令毛相林沮丧。

自从想到修路，他还没对任何人讲过。

是不好讲，也不敢讲。

路，能修吗？

此前，下庄人曾耗时三年，花千多个工，想在村庄背后修条人行道。这意思是说，直到那时候，下庄村还没有一条真正的人行道。那一百零八道"之"字拐，分为四段，头墩子、二墩子、三块石、岩口子，许多地方，有人从那里爬过时可以叫路，人离开了就不叫路，也没有人能看出那是路。它本身就不是修出来的，而是下庄村人世世代代踩出来和爬出来的。

前辈们不是不想修路，是下不去手。陡并不可怕，要是自上而下倒扣过来，你能怎么办？可这样的地段到处是，绕都绕不开。下庄人出村，如果没有十足的胆量、腿力和臂力，都是三个五个、七个八个，结伴而行，后面的先把前面的顶上去，前面的再把后面的朝上拉。他们的裤兜里，常常揣着一根粗大的麻绳或藤蔓，用于拉扯后面的同伴，也用于某些时候固定自己，还用于在特别惊险的崖口，牵根绳子在外侧，象征性地拦一下，让妇女和孩子有个心理上的安全感。

不是不想修路，是实在没法修。

"祖祖辈辈都想修路，"村民们说，"但梦里修了千条路，爬山还靠几根藤。"

上届支书早把这事看在眼里，急在心上。

他叫黄会鸿，自新中国成立之初主持下庄工作，已将近五十年。毛相林接任时，黄会鸿已过七十五岁。对自己的前任，毛相林既不称姓，更不称名，只称"老支书"，说起时满脸尊敬："我能入党，能走到今天，老支书对我的教育和帮助很大。"

老支书的心病，毛相林也心知肚明。

几百人的村庄，连条出行的路都没有，数百年如此。"我黄会鸿搞几十年，同样没有任何改变。"这令他愧疚，也意识到自己肩上的责任，于是在卸任的前几年，发动群众，要在一百零八道"之"字拐的基础上，修出一条真正的人行道来。

所谓人行道，黄会鸿说："就是让人能像人那样走的路。"

一年过去了。

两年过去了。

三年过去了。

山上添了许多锄挖锤击的伤痕，可让人能像人那样走的路，依然只是梦境。

这不怪老支书领导无方，也不是村民不尽力，特殊的地貌，往往在眨眼之间，就把你几十天的辛苦化为乌有：或被水冲了，或被垮塌的岩石压了。

下庄村还是没有路。

如此景象，并非下庄村独有。

四川大凉山昭觉县的阿土列尔村，一村人生活在悬崖峭壁之上，他们的先祖，也如下庄先祖，为避战乱和匪患，特意选择险要去处，与世隔绝，等到天下太平，想与外界沟通，却无路可行。许多年来，村民出行的唯一通道，是用藤蔓和木材搭成的藤梯。藤梯垂直八百米，孩子们下山上学，花在藤梯上的时间就要两三个钟头，且命悬一线，步步揪心。当外地人去拍了视频，《新京报》也做了报道，世人便称阿土列尔村为"悬崖村"。2016年以后，悬崖村的藤梯变成了钢梯，两千五百余根钢管，相互咬合，蜿蜒而上，成就了一条结实的路。

可90年代的下庄村，别说拿不出钱购买钢管，许多人连见也没见过那东西。连搭藤梯也不能够。其垂直高度，比悬崖村多出三百余米，搭藤梯难度更大不说，主要的是树木稀缺，有韧性、块头、能承重的树木，更缺。

下庄人只能老老实实地，向山体要路。

可山体不准备给他们。

动工三年之后，老支书黄会鸿，终于遗憾地宣布放弃。

说遗憾太轻，是痛心疾首。

连人行道也不能修通，而毛相林想修的，却是一条公路！

对此他仔细想过，觉得修人行道意义不大。经过县党校的培训，他更深刻地认识到什么是流通和速度，在绝壁上修条人行道，进出照样肩挑背磨，卖只鸡也费时整天，谈不上流通，更谈不上速度。外面的东西想进来，比如某一天下庄人有了钱，也要"撞个洋盘"，买个冰箱，靠人力能把那大家伙背进村去？所以，要修路，就修公路！只有公路，才能真正成为联系广大世界的血管。

考察四面山壁，东面的村庄背后，相对软些，也相对缓些，那一百零八道"之"字拐，就在这一面。这个不重要，重要的是房屋和田地都集中在这一面，无论如何得避开，而避开后就全是石山，坡度超过七十度，最陡处达百度。

在这样的石山上，能长出一条血管来吗？

毛相林再一次怀疑。

不能不怀疑。

夜深人静时分，他会反躬自省：我这是不是好大喜功？是不是在跟老支书较劲？对前一个问题，他没怎么多想。在他看来，"好大喜功"并不完全是个坏词，有时候，人就该有那股冲劲儿和狠劲儿，特别是要改变下庄村的面貌，缺了血性是不行的。对后一个问题，他得好生想一想了。

他深情地感念老支书的栽培，可他也承认，两人在观念上有不一致的地方。不一致是正常的，却也可能引起误解：老支书才退下不久，你就又要修路，不仅修路，还要修公路，你这是什么意思呢？

"愚公没有这些烦恼，说干就干，"毛相林说，"我要是像愚公那样搞，就寸步难行。当干部不是对一个人负责，是对大家负责，各种关系都要照顾到。但我可以拍膛子的是，我不是跟老支书较劲，是跟下庄村的落后较劲。如果只跟老支书较劲，我还不如不当支书，出去打工来得实在。这些事没法子解释，越解释越糊涂。总之我再不能这样前怕狼后怕虎，再不能犹豫不决。我是领头的，有天地良心，敢于做决定，敢于承担误解、风险和责任，才是领头人的样子。"

从夜晚到清晨

从见到毛相林的那一刻，我就留意他的性格，并企图了解他性格的成因。

毛相林自幼受到严格教育。这种严格性主要体现在极端性：父亲和母亲的两个极端。父亲心地善良，却脾气暴躁，他从骡坪区供销社辞职，就是因为脾气坏，跟任何人都处不好。即使后来卧病在床，也没改脾气，由于病痛折磨，心情烦闷，加上自我否定，其实是变得越发暴躁了，毛相林行事稍有差池，他就恨铁不成钢，拍床怒骂，而他患有严重的肺气肿，激动起来喘息如吼，筋脉偾张，其情其景，惊心动魄。对毛相林来说，见父亲那痛苦的样子，比挨骂更觉紧张和羞愧，羞愧到如同罪人。母亲却是春风化雨的，凡事给儿子讲道理，让他"明白"。"明白"这个词，事实上是由两个词组成，明和白，先把心照亮，前面的路就跟着亮了，就知道该怎么走了。毛相林如同一块铁，被重锤敲击，又被细细打磨。

目的都是让他成为有用之才。

稍长，毛相林爱看书，最爱看的是武侠小说；也爱看电影，最爱看的是战斗故事片。在下庄，看书和看电影，都是极度的奢侈，学生课本之外，难得有什么书进入天坑，乡上的放映队，也不会到那天坑里去。为看一部电影，为弄到一本书，毛相林不惜脚力，走大半天甚至三两天，也在所不惜，为此摸黑从外面回来，"差一颗米"就粉身碎骨的事，不知遇到过多少回。到2005年《亮剑》上映，下庄村已有电视机，不必远道跑路，他更是一集不落，剧中人物坚韧不拔、倔强执着、不改本色的精神气质，与他产生了强烈的共鸣。

从十六岁参与生产队事务以来，毛相林一步步成长，靠的正是用心、用情、敢负责、能担当。当他疑虑石山上能否长出一条血管来的时候，当他思虑重重、左顾右盼的时候，无非是想把事情考虑得周全些。

他的主意已经拿定。

现在要做的，是找人商量，争取支持。

他首先想到的人，是驻村干部方四财。

方四财，1995年从四川凉山州西昌农业高等专科学校毕业后，分到竹贤乡做农经干部，随即派驻下庄村，村里没房子，就住在毛相林家里。

这天夜里，家人睡了，毛相林去敲开了方四财的房门。

说大事，就不必绕弯子。毛相林开门见山，抖出了自己的想法。

"我听了非常吃惊。"方四财说。

但具体怎样吃惊，时过境迁，已无法描述，方四财只记得，他的心蹦跶几下，就看见了一束光。那是个月黑头，窗外天地一统，风呜呜乱吹，连风声也像是黑色的，可那束光在远处，分外明亮。

"是因为受到了激励。你想都不敢想的事，被人说出来，自然会受到激励。那时候我们都很年轻，毛相林三十多岁，我二十多岁，年轻人有一股子拼劲，做事不计后果。要是放到现在……"方四财咧着嘴，摇着头。

不过，冷静下来，梳理最深的内心，方四财发现，又并非不计后果那样简单。

他也是山里人，从小在山里长大，但第一次去下庄，才知道世上还有这样的"山路"：悬崖绝壁，峭岩耸峙，危峰林立，万丈深渊……诸如此类的词语或句子，竟都合为一处，成为真正的现实。"我是胆战心惊地下到村底的。"

下来时吓一跳，下来后又吓一跳。

下庄村太穷了。村民能填饱肚子，这是事实，但要拿出三五块钱，家家都犯愁。住的全是茅草覆盖的土坯房，所谓贫富差距，也就体现在土坯打得厚不厚，房梁架得高不高，外墙抹得平不平。刚到下庄时，方四财见好些小孩成天精赤条条，那是热天，初以为是图凉快，后来才知是没钱缝衣服。很多人家，一件袄子，老子穿了儿子穿，老大穿了老二穿，就这样代代相传，直到穿成了巾巾绺绺，再也穿不上身，才万般不舍地扔掉。有个叫吴国利的，妻子是盲人，连间土坯房也没有，一家人住在岩洞里……基本就是这样一种状况。

在方四财这个"外人"眼里，没饿过饭，能填饱肚子，非但不能成为骄傲的资本，"说个不好听的话，还很难说那能算人的生活。""社会性"虽不是人的专属性，但的确是人的属性，而社会性是不断演进的：当别人都在挨饿，你能填饱肚子，当然是一种好生活；当别人在使用冰箱，寒冬腊月还能吃上可口的嫩苞米，你却还在为不挨饿沾沾自喜，就脱离了社会性。

下庄村的穷，被外面的世界照得触目惊心。

穷则思变，不变不行，这是方四财深切感觉到的。关于人和动物的区别，哲学家们绞尽了脑汁，其实可以用一种简单的思路去理解：太行、王屋二山挡了去路和视野，动物绝不会想到把山搬走，但作为人的愚公想到了。

所谓因为年轻，做事不计后果，都是表面原因。

变，是肯定的，但也有不同的变法。愚公把山移走是一种变法，迁居他乡也是一种变法，与移走两座大山相比，后一种变法不知省事多少倍。

方四财再次提出了整村搬迁的设想。

关于这件事，尽管早在村民大会上被否决，但自从想到修路，毛相林又暗自提出来，在心里翻腾。他想的是：愚公以"愚"相称，其实不愚，一个渴望眼界、心怀梦想的人，咋可能愚笨？搬走大山（还是两座）和迁居别处，孰难孰易，难道他不明白？他之所以选择前者，后者提都不提，是因为他的先辈就这样"面山而居"，这里是他的祖居之地，他舍不得抛下，也不能抛下。从另一面说，如果人人都是住得不舒服就拍屁股走人，家园和乡愁这样的词还要不要？如果要，由谁来守望？又由谁来把不舒服的地方变得舒服？毛相林打了个比方，说在国家遇到困难的时候，有些人就逃离祖国，甚至投靠敌人，当了汉奸，有酒喝，有肉吃，是过得舒服了，而为这样的舒服付出的代价，却是丢掉忠诚和人格。

"这代价太大了，舒服上了天，也不值！"

方四财被他说服了。

既然不搬，修路就成为必须。要想富，先修路，这是老话，也是真理。而且方四财也赞同毛相林的意思：与其费心劳神修人行道，不如直接就修公路。

可现实的困难也得摆出来。

那困难如泰山压顶。

首先，这条路并没纳入全县规划，从情形上看，也不可能纳入规划。没有立项，一切都得靠自己。下庄人这么穷，物资怎么解决？劳力又怎么解决？村里除去老弱病残，再除去外出务工者，整劳力非常有限。最恐怖的是险峻。修绝壁天路，是可能死人的！想想当年的红旗渠吧。而这里比红旗渠还险。

对这些，毛相林也想过了，而且翻来覆去地想过，回答起来如同背书，因此方四财并没有工夫去细思考他的回答是否合理、是否可行，只留下一种印象：倔。"毛相林就是倔，想做的事，一根筋就要做。"

"我是被他的精神感动了，"方四财说，"跟着他激动起来。我告诉老毛：要干，我们就一起干，要干，就干出名堂，让下庄村彻底变个样子！"

毛相林要的，就是这句话。

雄鸡报晓之声，由近而远，由远而近，此起彼伏。

那是天地和村庄苏醒的声音。而灯下的两人，还没有睡。

当毛相林起身离开，方四财上床躺了片刻，天就亮了。

毛相林没躺，他回到堂屋，抽了支烟，就踏着晨光出门去。

十分钟后，他敲开了另一个人的家门。

老支书

这另一个人，是老支书黄会鸿。

"老支书不点头，事情是做不成的，"毛相林说。

老支书在村里享有崇高威望。尽管毛相林也有威望，但当时还不能和老支书相比。老支书的威望不只因为他在下庄村当了将近半个世纪领头人，还因为他念过私塾，是下庄村地地道道的文化人，也是最大的文化人，《毛泽东选集》一至五卷，不仅通读，还能大段背诵。毛相林看书，遇到不认识的字，不理解的意思，都不是去学校问老师，而是去向老支书请教。如前所述，下庄村虽然闭塞，但从清代古墙上的楹联，从村民给孩子取名，都能见出他们对文化的向往和对文化人的敬意。老支书的威望是双重的，他说声"不"，那声"不"就会变成雷霆。

别的小事也就罢了，修公路这等大事，且是天大的事，必须获得他的支持。

要是不支持呢？

不支持就干不成。

而早就远远落后于时代的下庄村，若不整村搬迁，又不想继续做井底之蛙自生自灭，也不想至毛相林他们这一代，就成为"最后一代下庄人"，修路便是不二之选，因此无论如何，都一定要让老支书支持。

怎样做到这个"一定"，毛相林却没细想。

他本想叫上方四财一同来，可他担心那会给老支书一种感觉，认为毛相林是让驻村干部去给他施压。一旦有了那感觉，事情会变得非常糟糕，老支书只需说一声：我已经退了，年纪也上八十了，不管三闲了，你们去施摆吧。如果碰上这样的软钉子，麻烦就大了。软钉子后面，必然是一串硬钉子。

临大事，聪明才智尽管重要，但最好隐到背景里去，否则不仅多余，还坏事。毛相林只需要亮出自己的真诚和决心。

黄会鸿已经起床。

早起，是他几十年的习惯。起来后，抽袋旱烟，静坐几分钟，喝杯白开水，有紧要事就做紧要事，没有，就去转山、巡田，看庄稼生长，望云起云飞，听满山鸟鸣。像这季节，鸟鸣声稀，朔风凄紧，风里夹着雨雪，但他既不怕，也不嫌，大自然从没说过只给予人柔软的春风。对下庄村的春去冬来和一草一木，黄会鸿都像亲人般熟悉和挚爱。常年转山和劳动，也帮助他强健了体魄。他1917年出生，2012年去世，享年九十五岁，去世的前一刻，还精神饱满，是无疾而终。

这么早见毛相林来，黄会鸿好像并不奇怪，只说："相林你早哇。"

毛相林端张竹凳，坐到老支书面前，坐的距离，明显比平时近。

"老支书，我向你求救来了。"

这是毛相林说的第一句话。

然后没有任何迂回，他把自己的想法讲了。

黄会鸿听了，许久没有言语。

晨光更亮，能看见老人脸上的每一丝表情。

而那表情就是没有表情。

仿佛过了半世光阴，黄会鸿终于开口："毛相林，你胆子大呀！我搞了几十年，连条人行路都没修通，你还要修公路！"

"我是想……"毛相林急着解释。

但黄会鸿举手制止了他："你的出发点我明白。这么多年，你毛相林我还不晓得？我最欣赏你的地方，有两点，一是心正，二是心雄。你比我敢想。别的话，我不多说，你组织召开群众大会，你讲话，我听，然后我再听一下大家的意见。"

言毕，黄会鸿转过身去，取晾在桌上的白开水。

他很久也没转过身来。

继任者

毛相林说，从老支书家里出来，他听到砰的一声。

那是石头落地的声音。

是他心里的石头。

他感觉到，老支书似乎也一直在思考这件事。

路，是下庄村最大的事，退了，依然要想。村里也对黄会鸿有议论，说，如果老爷子不在执政末期心血来潮，他这一生就圆满了。意思很明确：他的一生不圆满。原因是他组织修路，三年未成，给他抹上了污点。但在黄会鸿自己看来，没把路修成，才是他真正的污点，修路本身，则是他生命中最光彩的一笔。为政者尸位素餐成就的圆满，是缺、是亏；非但如此，还是罪。

黄会鸿家里，藏有不少旧书，书里记载着沉睡的历史，将书打开，历史就会醒来。数十年里，黄会鸿常常让它们醒来。

上六十五岁过后，他多次翻阅《晋史》和《晋史演义》，那些本该负责政务的官员，却一边享受富贵，一边畅叙林下风流，视清谈为正事，把勤于职守，反当成可耻。位至三公的王衍，妙善玄言，成为官僚玄学派代表。永嘉四年，叛将石勒轻骑追袭，致晋军覆没，王衍等人被俘。石勒知王衍深有学问，极富辩才，非常尊敬他，可王衍却说：我平时不管事，晋之存亡，与我无关。石勒听后大怒，你位极人臣，手握重权，怎能不管事？晋难怪要亡！命人将王衍活埋了。临死前，王衍叹息：我辈即使比不上古人，如果从前不效法浮华虚无，合力匡救天下，也不至于弄到今天这步田地。

像王衍那样的人物，从来就没缺过。

黄会鸿只是一介村支书，且是"秘境"里的村支书，但他也不想成为"不关我事"的领头人，因此从不为修路后悔。那并不是他的心血来潮。组织修路的时候，他也不是心血来潮的年龄。他的全部遗憾，确实就是没把路修成。

继任者能完成吗？

如果能，是他最深的愿望。但他的心情是复杂的。

毛相林修学校时，黄会鸿就受到很大的触动。他自己是读书人，却没为下庄孩子读书，认真地做过一件实事，将保管室改作教室，是毛相林倡议的，也是毛相林主持的。现在毛相林又要将旧教室推倒，建一所"真正的学校"。理由是保管室成了危房。

这是实情，风吹雨打，土墙倾圮，房顶上的石英瓦七零八落，师生住在里面，不仅要受雨淋风寒之苦，还有危险，不可能安心。

听了毛相林说修学校的事，黄会鸿只对他说了一句话："我年纪大了，帮不上忙了。"其实他天天去现场，从早到晚，忙个不停，甚至年龄不允许他承受的重活，也固执地拿上手，劝都劝不住。

尽管在自己手下干了多年，但真正认识毛相林，正是从修学校开始。这个只念过十个月初中的矮子，不只会处理纠纷、安排丧事，也不只会帮人理发——下庄村没有理发师，外面的理发师不愿也不敢进来，而出山理发又那样艰难，毛相林就去城里，学了这门手艺，并买来工具，免费替村民理发。这情形持续至今。2016年成为下庄村驻村干部的陈天艳，第一次看到毛相林给村民理发时，非常惊讶——既惊讶这件事，也惊讶毛相林手法的娴熟。

黄会鸿发现，那个矮子的胸膛里，装着一个大世界。

那个世界不写在书上，是写在心里。

他还会干出些名堂来的。

因为有这种预感，毛相林天麻麻亮就去找他，他才不觉得奇怪。

毛相林任何时候去，他都不会奇怪。

然而，当毛相林提出要修公路，还是让他震惊。

说震惊不够，是石破天惊。

他用沉默把那种强烈的感觉压住。

或许正如方四财所说，自己想也不敢想的事，被人道出，会产生一种类似于"痛苦的光芒"，并在这种光芒的逼照下，自然而然地受到激励。老支书黄会鸿同样如此。他后来对人说，那天，他和毛相林坐在他家堂屋里，门外的光线像水泡那样炸开，但里面还很黑，他又没开灯，可是他看见毛相林的眼珠子红殷殷的，他是下了死心的。对这样的人，你只能佩服。

毛相林这边，却又是另一番心境。

尽管老支书没有明确表示支持，但门已经打开，就看他自己怎样走出去，又能走出多大个天。老支书的态度让他感动，可那个转过去的背影，又让他难过。他理解老人的心情。人都有老去的一天，时候到了，检视自己的一生，人都有不可弥补的遗憾。

从老支书家出来，毛相林去地里，准备掐几匹青菜，早上煮面吃。走到半途，却立即又撤身回转。他是想把老支书的话尽快告诉方四财。

一脚跨进门，方四财就对他说，老支书刚来过了。

毛相林愣了一下。

方四财笑起来："你紧张啥子？他不是来找你的，是来找我的。他对我说：'小方同志，我们村像个锅底坑，没啥出路，毛相林劲头大，想整条公路，有公路就有出路了。你是下庄来的第一个大学生，你要帮他！'"

毛相林的眼睛模糊了。

水面之下

但毛相林并没像老支书说的那样，马上召开村民大会。

他首先召集村支两委成员，统一认识。再召集全村十一名党员，统一思想。做农村工作，要知道农民的思维方式，毛相林家世代耕种，乡亲们咳声嗽，他就知道冷风从哪里吹来。农民没那么多弯弯绕绕，就看你干部怎么做、党员怎么做，所谓"村看村，户看户，群众看党员，党员看干部"。

因此关键是领头人，然后是领导集体，然后是先进分子。

两委成员和党员中的几个老同志听了，"都甩脑壳"。毛相林耐心分析，讲修通公路的可能性，讲下庄的过去和未来。想到祖祖辈辈付出的心血，念及子子孙孙的前程，同时也想到，现任支书下了决心，老支书和大学生驻村干部都支持，定有道理，他们不能从中作梗，便都点了头。

做了这些，毛相林照样没开村民大会，他把干部家属找拢，为家属开会。干部当得好不好，家属很重要。有些人贪污受贿，委身铁窗，自己当然是主因，家属往往也难辞其咎；有些人两袖清风，受人爱戴，自我修养和为国为民的理想信念是一方面，家属也应尊享荣耀。

毛相林召开干部家属会，主要是让她们别说怪话，别拖后腿，同时打消她们的顾虑；如果还能协力同心，鼓舞干劲，那就再好不过了。

这之后，他依然没开村民大会。

他让十一名党员出动，上门做群众工作，每名党员承包若干户，毛相林自己，比别的党员多负责五户。他的要求是，工作要耐心细致，"不能拌蛮"，要让群众打心眼里觉得修路是好事，也是可行的事。大道理要讲，更要算细账。

遇到的情况大体相当。

首先是吓一跳，然后都不同意。

不同意是因为有困难。没钱，是最现实的困难。对此，毛相林的回答是：修路不是一蹴而就的事，是个长期工程，长到什么程度，很难讲。接着掰起指拇：每户每年喂一头肥猪，就能凑 3.84 万元，如果路修十年，就有 38 万多元。肥猪钱用完，村民出去打一阵工，年纪大些的，工地没人要，工厂没人要，还可以去县城当"棒棒"（挑夫），同样能挣些钱。这些钱凑起来，又能买些炸药。

可是村民们说，喂猪和打工，无非是过日子，哪有多余的去买炸药？毛相林的回答是：这话也不假，可我们修一间房子的时候，同样没钱，但只要动了工，钱边修边凑，最终也把房子修起来了。而且，我们修路，就是为了将来有钱。

想想是这个道理。

百分之三十同意了。

百分之七十同意了。

接着再没有进展。

剩下的百分之三十，始终不同意。

是因为：地势太险，修公路很可能死人。这部分人不是毛相林负责的，他听说后，便又亲自上门，对他们说：我们死的人还少吗？我们眼睁睁看见的，就死二十多个啦！他们不是修路死的，他们是砍柴死的！

讲这些话时，毛相林很动感情，他想起那些鲜活的生命，怎样摔下深谷，去收尸的时候，还见他们手里紧握柴刀。他堂弟就是那样。堂弟当年，八岁就上山砍柴，摔到山崖底下，找了七天七夜才找到，小尸体乌黑，衣服裤子都被撕烂，柴刀竟还抓得死紧。这算好的，蒋延成你们该记得？他清早出门砍柴，晚上也没回来，全村出动，搜寻三天，才在红岩湾一处绝壁的崖缝里发现，但已经是肉了，不是人了，摔成一坨一坨的，只能用箩筐捡回那些碎肉安葬。"路通了，"毛相林说，"外面的煤能拉进来，就不用砍柴了，也就不会因为砍柴死人了。"

砍柴死二十多个，再把医治不及时死去的病人算上，又是多少个？去外面请医生，病人苦盼医生的到来，可终于熬不住，喉咙里咕嘟一声响，关闭了阳界的大门。往山外抬，那些抬到半途上咽气的，开始还不知道他们咽了气，抬夫的全部精力，都用来对付路上的艰险，直抬到天坑顶上，才想到肩上的病人，喊一声不答应，喊两声三声，还是不答应，就放下了看，这才发现，病人的脸白了，胸口冷了，手脚冷了，浑身都冷了。他们不是病人，是个死人了。于是又往回抬。抬出去是个活人，抬回来却是个死人了。

"我们死的人还少吗？"

再问这句话时，毛相林几近哽咽。

毛相林曾说，刚当村主任那阵，他除了处理纠纷、安排"惨事"之外，"没有什么大事情"，貌似轻松，其实并非如此。

乡武装部袁部长讲，毛相林从湖北建始县打工回来不久，曾去他家里，告诉他说："我受不了村里再那样死人了，每办一回惨事，我这心里就被剜一刀。我这个村干部当得太没出息了，太没有用了。"后来他要修公路，袁部长听说后，骂他："我看你已经疯了！下庄那鬼地方能修公路？你当真要跟愚公学？别说愚公移山是神话，就算是真事，他也只需把挡在面前的山挖走，下庄能挖走四周的铜墙铁壁？那明晃晃的绝壁，太阳一照都打滑，鸟都没法落脚，咋能修路？"这样发了一通火，想起毛相林从建始回来说过的话，心又软了，按住毛相林的手说，"再等等，等到某一天条件成熟，我会带头支持你修路的。"

可是毛相林不能等了。

何况"条件成熟"，是个无法确定的时间。

但他需要村民的支持。

好在听了他的话，不同意修路的村民也转变了态度。

"毛书记是讲到我们心里去了。"刘崇凤说。

刘崇凤时任下庄村四组组长。"修公路，是天大的好事，我们就差个领头的。现在领头的站出来了，我们高兴。怀不怀疑呢？当然怀疑，毕竟太险了。尽管毛书记说，修路时小心些，也并不是非死人不可，但砍柴的时候，哪个又没小心呢？可即便死人，也值得去试！以前我是下脚力的，去巫山背肥料，一包八十斤，走个来回得五六天，挣八块钱，平均一天挣一块多。再就是完公粮，把苞谷背到骡坪镇的粮站去，天不亮打着火把出门，天黑透了又才打着火把回来，没有火把就摸黑走，踩虚脚，就丢命，老天也救不了你。就是去乡场上买个盐巴，那些腿脚不利索的，胆子小的，还要在外面过一夜。这都是吃了没有公路的亏。"

停顿片刻，他补充说："还有好些事，都是没有公路害的……"

说着眼含泪水，嘴角抽搐。后来我才得知，多年前，他大儿子和老婆吵架，一气之下喝了农药，死了。儿子死后，儿媳疯了。儿子是过了好几个钟头才死的，如果有公路，及时送医，哪里会死！还有村东杨亨金的老婆沈红清，两口子争了几句嘴，她农药一灌，口吐白沫，连夜往乡卫生院抬，毛相林打着手电筒照路，两个青壮男子抬滑竿，越抬越重，就知事情不妙，到山顶，放下了探鼻息，已没了气，手指压颈上的动脉，也不再跳动——就这样死了。

谈及当年事，辛酸满胸怀。村民吴自清的小儿子，挖黄姜时摔断右手右腿致残。村民杨元炳的丈夫，扒沟时被石头砸死。时任二组组长的袁孝恩，老婆的幺爸砍柴摔死。时任村会计的杨元鼎，父亲砍柴摔死。"从我记事以来，"杨元鼎说，"因为砍柴摔死的，就有简杨成、简杨双、骆明刚、袁堂清的兄弟……"

有条公路就好了！

有条公路就好了！

有条公路就好了！

他们渴望有条公路，却又怀疑能不能修成这条路。这怀疑，一方面是针对自己，另一方面，是针对毛相林：毛书记，你当真有那个决心，要带领我们修路吗？

看来，毛书记把什么都想到了，就是没想过给自己留退路。

他是真心的，不应该怀疑他。

于是异口同声："我们听你的！"

中篇·

七年

军令状

毛相林觉得，这下可以召开村民大会了。

会议在一个周末举行，地点就是学校。

此前半个钟头，村支两委碰头，选举了村支书毛相林任下庄村修路工程总指挥，驻村干部方四财任指挥长。毛相林掌控全局，方四财负责协调物资。

令毛相林、老支书和方四财都没有想到的是，任何一次村民大会，都远不如这次表现得积极，干部还在开碰头会，村民就已经到齐；不少村民全家出动，好几个在床上躺了多年的病汉，也被老伴或儿女用椅子抬来了。

意见已经统一，因此这个会不是征求意见，而是动员。

毛相林站在前面讲话。

他讲的，就是"山凿一尺宽一尺"那段话。

此外他还讲道：我们下庄人，淳朴、勤快、顾家，可为什么两口子争几句，吵几声，就喝药的喝药，吊颈的吊颈，而且男人女人都这样？是因为我们被锁住了，只见过簸箕恁大个天，心胸小，思想窄，稍微遇点事情，就想不开。

此外他还讲道：因为没有路，我们哪家没有一点伤心事？死人的惨事且不说，没见过世面，经不起诱惑，人又长得好，山外的有些坏蛋，就打起我们下庄女子的主意了！黄幺妹不就差点被人贩子拐走么？还不是拐去给人家当媳妇，是往见不得人的地方拐！我们喂的肥猪卖不出去，母猪下了崽，猪崽也卖不出去；我们的娃娃出山上学艰难，往往读到初中就停学；我们摸摸自己肩上，再摸摸自己背上，请问哪个的肩背没磨出几个大肿包？我们的年轻小伙已经找不到婆娘啦，多好的小伙子，拉到山外去比，一个一个的，又输给谁？除了我毛矮子，下庄男人要个头有个头，要相貌有相貌，可一个一个的，就要打光棍啦！

此外他还讲道：这不怪人家嫌。说个不好听的话，我们已经像生活在新中国的原始人了，已经给新中国丢脸了！（环视人群，声色俱厉）跟外面比，我们穷得没底了！正因为穷得没底，才叫我们整村搬迁。我们不搬，是舍不下这片土地。再说，搬迁就意味着去挤占别人的土地，都是靠地吃饭的农民，哪个不晓得土地的金贵？哪个愿意让给外人？而且你搬迁一趟，还要给党和国家添麻烦呢。我们下庄人，穷，但志不能短！我们下庄人，要靠自己的双手，摆脱贫困！摆脱贫穷的先决条件，是修一条公路。我们下庄人，与其坐井观天，不如问天要路！俗话说，人心齐，泰山移，只要大家横下一条心，这事就一定能够干成！

操场上响起掌声和欢呼声。

这是下庄村从来没有过的声音。

民歌和传说记载的内在渴望，在村民心里活过来，也站起来了。

老支书对毛相林竖大拇指："讲得很有气魄！"

毛相林对自己的激情演说也非常满意，但他知道，要把事情真正干成，只有气魄是不够的，只有激情、掌声和欢呼，同样不够。

得有规矩。

于是毛相林立军令状。

先立给自己：一，不贪集体一分一厘，否则天打雷劈；二，不中途抽梯，也就是不半途而废，修到钱花光了，就想法子去挣，挣到钱再接着修。

再立给干部，内容是一模一样的。

最后立给村民，把第一条"不贪"改为"不拿"。同时加了第三条，这第三条针对所有人：只要在下庄有承包地，无论是否住在村里，都要投劳，每家出一个劳力，男人不在女人上；如果青壮年打工走了，家里只有老人孩子，出不了劳力，就付误工费，每天二十块，谁帮你，钱就给谁，没人帮，就交集体。

军令状之外，还有生死状。

真的死了人怎么办？

——大家出钱安埋，死者家属不出钱，但也不许闹事。

规矩立下了，所有人签字画押。但还不够，下庄村还有特殊的规矩：单写在纸上不行，只签字画押也不行，得焚香礼拜，祭过天地祖宗，赌咒发誓。

毛相林先祭，他握住三炷柏香，虔诚地点燃，对天作三个揖，对地作三个揖，对祖宗的魂灵作三个揖，朗声陈词："苍天在上，黄土在下，请苍天大地和祖宗听我发誓愿——如果我毛矮子，贪了一分修路钱，贪了一两炸药，贪了一根雷管，贪了一寸导火线，沟死沟埋，路死路埋！如果我毛矮子，没把路修通，就甩手不干，修路时不冲锋陷阵，不奋勇当先，沟死沟埋，路死路埋！"

一句话，一腔血，以命相搏，慷慨悲壮。

干部和村民，纷纷上前，焚香立誓：誓死修通下庄路！

钱

下庄村的出产有"三大坨"：苞谷、红苕、洋芋。修路也需"三大件"，称为三材物资：炸药、雷管、导火线。将"三大坨"埋下种子，土地和季节就会奉献给他们食物，而"三大件"却是要拿钱去买的。

全村凑钱，人均十元。

当时，下庄村共三百九十八人，也就凑了三千九百八十块。

随同我前往采访的两位学生，听毛相林和村民谈起这事，深受触动。赵嘉睿说，她的有些同学，五千块也就买个包包，而下庄全村凑了不到四千块，却是为了修路。五千块买的包，用一阵就嫌了，扔了；不到四千块修条路，却能让一个村庄活过来，让村里的子孙后代，走出天坑，融入时代。钱本身没有大小，一块就是一块，十块就是十块，但用钱做出的事情，却是这般天悬地隔。

当然，三四千块钱并不能修成一条路，连头也排不了。

而且差得很远。

再让村民出？毛相林摇着头。他们已经掏空了。就连那人均十元，好多家庭也是借的，找有子女打工的人家借，或找山外的亲戚借。

钱，从来没像现在这样，让下庄人认识到自己的穷。此前，毛相林给他们讲七星村，说七星人不住土坯房，都修了砖房，除了买肥料，还买电视，买冰箱，买洗衣机。洗衣机跟电视和冰箱一样神奇，有了那东西，到了冬天，七星村的女人，就再不会为洗衣服，去溪沟池塘里把双手冻成红萝卜。七星村倒说属巫峡镇，同为竹贤乡，就在"井"口不远的猫子垭，人家也是这样！村民听了，笑，男人说：女人天生的，不怕热，也不怕冷。可是现在笑不出来了。他们切身体会到那不是怕不怕的事，而是钱的事。没钱，怕也只能忍着。

毛相林也从来没像现在这样，感觉到下庄村的落后。

如果说穷是天坑，落后则是比穷更深的天坑。那是钱的问题，但不只是钱的问题，还有观念问题。没钱不一定落后，观念掉队，则必然落后。别人在现代化的道路跑了很远，下庄村却还在小农经济阶段，满足于最低水平的自给自足。根据县党校老师的说法，现代化有五个过程：技术的发展，农业的发展和农产品的商品化，科技创新，工业化和信息化，城镇化。几相对照，下庄村没一样跟现代化沾边。的的确确，下庄已经没有资格在这个时代里存在了。

唯一的出路，就是修路。

村民同意修路，正是希望所在。

修路时差钱，村民想不到办法，他毛相林却不能不去想办法。

母　亲

毛相林的办法也只在亲人身上。

他首先去问母亲借。

积年累月，卖几个鸡蛋，几根黄瓜，几两麦冬，母亲都把钱存起来；儿女孝敬父母，若孝敬的是钱，母亲也存起来。总共当然不多，毛相林估计，大概有三五百块的样子，他就想把那笔钱借过来。

这天，他找到母亲，说起修路的事。母亲神情严肃，怜惜地问他："毛娃子，答应老百姓的事，就没得回头路哦，你究竟想好没得?"

这样的话，母亲已问过好几遍了。

把修路的想法告诉方四财和老支书后，第三个告诉的人，就是母亲。话刚起头，躺在里屋床上的父亲听见，顿时火冒三丈，厉声叱责："修路? 又修啥路? 别人都修不通，就你能!"毛相林想，幸好父亲只听见"修路"两个字，以为是修人行道，不知道是要修公路，否则不要气得从床上跳起来。他压低声音，把话对母亲说完。母亲当时白了脸。过了好一阵，才问他想好没有。她深知其中的艰难。其实不是艰难两个字能说尽，能表达那种艰难的话，还没有造出来。

之后又问过几遍。

而今箭已上弦，她还问，是因为实在担忧。

毛相林说，想好了，会都开了，天也祭了，誓也立了，军令状、生死状也都签下了，没有回头路了，只有一条路走到黑了。

在母亲眼里，儿女再大也是孩子，仿佛眨眼之间，面前的这个孩子，就成了带兵打仗即将出征的将军，母亲既骄傲，又心疼。

毛相林是她的长子，穷困人家，长子吃亏总要多些，这尤其让她心疼。

母亲杨自芝十八岁嫁到下庄，她娘家在彭家村，离下庄有些路程。比较起来，彭家村是要更穷些，她当姑娘那阵，几乎天天在山上挖野菜，拿回家切成末末，撒点苞谷面蒸饭。这已经算是好饮食。而下庄能吃上红苕洋芋。

但也不是天天有红苕洋芋吃，许多时候，也要靠野粮强撑。说下庄人没饿过饭，那要看什么东西才叫"饭"。营养不良，同样是当年下庄人的命。婚后三年，杨自芝才生下第一个孩子。怀这个孩子的时候，她吃进肚里的，还不算太差，可孩子刚落地，三年自然灾害就扑过来，别说用鸡呀鱼的补血亏，连一口饭也接不上顿。她的身体干了，奶水断了。孩子奋力咬住奶头，咬出血来也没有奶，咬一会儿哭，哭一会儿又咬。于是孩子的身体也干了，小得像根丝瓜，瘦成一张皮。像骨头都没有，只有一张皮，轻轻捏一下，捏出的皱巴就还不了原。

"那样子吓人！"

村里的长者回忆起毛相林婴儿时的模样，还瞠目咧嘴。

都说那孩子养不活。

要养活也真难，除了"样子吓人"，杨自芝还没个帮手。丈夫毛永义已经患病，挣不下工分。但作为母亲，只要儿子还有口气，就不会丢手。有亲戚送来了些干苕藤和黄豆壳，杨自芝将其切细炒脆，在碓窝里舂成粉，熬成羹，喂给儿子。毛相林就这样活过来了，而且长大成人。尽管最终也只长到一米五。

而今，那个小得像根丝瓜满身皱巴的孩子，就要领着一村人，去问天要路了。

杨自芝像儿子小时候那样，抚摸着他的头，心里五味杂陈。

她不是个多愁善感的人。走过这一生，无处不难。丈夫年纪轻轻就患病，终于在大儿子满十二岁那年，病情加重，致长年卧床。正因此，以优异成绩考上竹贤乡初中"帽子班"的毛相林，才被迫辍学，回家劳动，当成半劳力，每天挣五个工分。二儿子生下不久，到底因为缺营养，断奶水，夭折在她的怀里。后来，她又养了女儿，女儿健健康康长大，但哺养的艰辛，不是以年岁算的，是以天天算的。村里的妇女工作，也没一宗简单，一坨狗粪，一根牛绳，女人们也计较，虽不像别的村子为这些事闹出一天半天的架吵，心里面还是不烫热；群众心里不热，当干部的，就要想法为她们煨热，不然迟早会闹出架吵。面对麻烦和困难，杨自芝从不抱怨，也从不多想，只专注地想一件事：如何去解决。想出来的有些办法，简直就不能称为办法，但只要有了一个办法，她就立即付诸行动。

这种性格和品质，深刻地影响了毛相林。

此刻，毛相林坐在母亲身边，语气突兀地说："妈，你是老党员，我是支部书记，你要支持我哟。你不支持我谁支持我？"

支持他，是自然的，这不仅因为他是她的儿子，还因为，她既是老党员，也是做过多年妇女主任的干部，尽管现在退了，但顾全大局，支持支部书记的工作，是她的分内事。杨自芝相信，儿子不会怀疑她的这点自觉性。

看来这不是他真正要说的。

他的口气和表情，都表明那不是他真正要说的。

"你是在想我跟你爸那七百块私房钱吧?"杨自芝问。

毛相林笑起来:"七百啊?妈有这么多啊?"

母亲没言声,进里屋去,拿出一个系着兔耳朵的手帕包。

回到儿子身边,她把手帕解开,露出一元两元五元十元的钞票。但没马上递过去,而是说:"先不给你爸说,但是你要还我哟。"

她知道儿子是拿去修路。对修路,她揪心揪魂。尽管作为党员,她也被儿子召集去做群众工作,可她不仅是党员,还是这个领头人的母亲,"担忧"这把锋利的铁钩,只在夜深人静时抓挠自己,一旦天亮出门,就得把抓出的伤痕从脸上抹掉,也从心里抹掉,免得村民即使看不出来,也能感觉出来。

如果说,她前面的几十年,遇到了这样那样的难处,可把那些难处加在一起,也没有儿子的这个难处大。去峭崖绝壁上修公路,没有立项,没有外援,全靠一副肝胆和一双手,这就好比那条"笑天龙",不想再被锁住,不想再受闭塞之苦,就奋起抗争,想一飞冲天。而"笑天龙"的结局,跟套上链锁时相比,又如何呢?

她说"你要还我",背后的意思却是:儿子,这事真的要干吗?

儿子对母亲的回答是:"要做成了,我还得起才还啰。"

母亲听出来了：做，是一定的。

如果说儿子也有疑虑，只在于做不做得成。

她知道不能再多说别的了。

这钱拿出去，多半是打水漂了，她想。

但她毅然递给了儿子。

还是钱

三千九百八十+七百=四千六百八十。

毛相林把这道加法题，做了若干遍，好像每多做一遍，钱就会增加一些。

除非做错了，没错的话，加一万遍，也还是四千六百八十。这是数学的冷酷法则。数学之所以被当成一切科学的王者，正在于此。哲学家罗素说，数学世界是一个妙不可言的世界，它与生死无关，与人们的幻想和肮脏状态无关；它是永恒的，又是无情的，具有独特的崇高品质；这种品质，源于对事实的巨大尊重。

四千六百八十元，不够，还是不够。

毛相林手里其实还有一笔钱，只不过这笔钱不是他的，是妹妹寄存在他这里的。妹妹在县城，如果写信去征得她的同意，一去一来，又要耽搁好些天时间；进出下庄村，信走得比人还要艰难，一个月能收到算是快的，三个月甚至半年才落到收信人手中，是常事。毛相林和下庄村，都没有资格再那样耽搁了。

耽搁不起了。

其实，深究起来，这并不是主要原因。钱凑齐，反正要去县城购买三材物资，到那时候他尽可以去给妹妹讲，但他深知，妹妹不会同意的。她把钱存在他这里，是要哥哥抽空去生好木材的乡镇，帮她买木料打家具。

知道是这结果，那就先斩后奏，挪用了再说吧。

去打开箱子的时候，毛相林心里很不好受。

他想起年初的一件事。

住在学校下方的一户人家，丈夫三十三岁那年，砍柴摔死了，留下一儿一女，女儿九岁，儿子四岁，女人无力独自撑持，经人撮合，招了个上门女婿。两口子没再生育，齐心协力，把女人和前夫生的儿女抚养大。三年前，女儿出门打工，前年底回来，将挣下的一千块放在家里，用手帕裹着，锁进箱子，年后又走了。今年回来过春节，打开箱子看那笔钱，手帕拆开后，见里面却不是钱，而是剪成钱一样大小和厚度的报纸。告之父母，父母很吃惊，骂贼娃子可恶，也怪自己没把钱给女儿守好。女儿泪水一泼，哭天哭地。可丢掉的钱哭不回来。好在她出过门，见过世面，不只会哭，还会想办法。她的办法就是跑来找毛相林。

毛相林听了，二话没有，离开火塘，抓件棉衣披上，跨出门，迎着飞雪走下梯坎。雪已下了两天，梯坎被填平，看上去就是一面雪坡，完全是凭经验，才能知道该朝哪里下脚。时疾时缓，溜了二十余分钟，才溜到那女子的家。

夫妻俩见支书到来，像是迎来了救星，抢着述说女儿丢掉的那笔钱。

但毛相林没让他们说下去。

"我先不说偷，说拿，拿了人家的钱，要还！你准备啥时候还？"

他这是在问男人。

对方脸红筋胀，又委屈又恼怒，大声抗辩："毛书记，你不能冤枉好……"

"人"字没出口，啪！脸上挨了一耳光。

讲到这里，毛相林坦承："我以前的那种工作作风，说白了就是家长制作风。"

这是跟老队长学的。老队长姓杨，和老支书一样，在位多年。遇到阴阳怪气的，调皮捣蛋的，老队长除了扇耳光，还拿竹鞭抽。全村人都怕他。对老支书，是敬；对老队长，是怕。而毛相林却不是怕，是崇拜。他觉得，当干部的，就该有点血性和魄力。说了话大家不听，叫啥干部？不听话还不惩治，又叫啥干部？人心涣散，一盘散沙，那不成了乌合之众？想干的事怎么推进？

"我也是在慢慢成长，"毛相林对我们说，"干部管人，这是职责，敢管是对的，但也要能管、会管。用巴掌和竹鞭管人，是很原始的方法，那办法就像我们这下庄村，一看就是一副落后相。要用合理的制度管人。"

这时候我们坐在火塘边，毛相林用铁钳将散在一旁的炭夹拢，短暂的暗淡之后，红光灼灼，热气扑身。他接着说："我发现，一个人要做事才能成长，不做事，就永远成长不起来。我不组织修路的话，一方面跟老百姓的血肉亲情肯定不如现在这么深，另一方面，我的观念也很难进步。山旮旯待久了，跟外面断了联系，以为当干部就是当家长，天生就这样想，从没觉得有错，不晓得共产党的干部是为人民服务的。要说不忘初心，为人民服务恐怕是最大的初心。我们老队长其实是个相当公正的人，大家怕他，但也服他，所以他打人时人才不反他。只是方法不对。我后来也明白了，方法是个表面的东西，症结还是观念。"

但当时的毛相林还不明白这些。

所以那一耳光他认为打得好。

因为最终证明，他的判断完全准确：钱就是那家男人拿走的。

他拿，不是想贪，是想当成本金，去骡坪镇做生意。难怪有一阵他不在村里。他想的是，做生意挣了钱，就把本金还回去，没想到亏了，还亏得一塌糊涂，血本无归。他做的啥生意也不十分清楚，听说是当菜贩子，又听说是当货郎，没经验，加上遭人算计，进得贵，卖得贱。不管怎样，反正是亏了。女儿本说过两年才回来，突然又说今年要回来，他慌了手脚，才剪了报纸去糊弄。

"这是他做得最拙的地方，"毛相林说，"因为这个，我才敢肯定是他拿的。外面的贼娃子偷了钱，还有闲心方方正正剪一叠报纸放进去？"

由此可见毛相林的机智。

在相当长的历史时期里，偏远山区的农村，大多盛行家长制，那些当"家长"的，并不是单凭手中的权力压服人那样简单，要当好，当得让人心服，确实还需要别的本事和品质，包括比一般头脑运转得更快的机智。

"也是因为这个，我特别生气。"毛相林把铁钳在火盆沿口上磕，"你用了女儿的钱，做生意亏了，应该给她明说。尽管她可能不高兴，但你的态度是诚实的。你那种做法，不往深处上纲上线，给人的印象就显得恶劣。他不仅没给女儿说，也没给老婆说，老婆骂贼娃子，他也跟着骂，你说恶不恶劣？"

但过后，毛相林又两边做工作：一是，当继父的必须还钱，钱是女儿辛辛苦苦挣来的，她没说给谁，就属于她自己，别的任何人没资格去动；二是，让当女儿的别再哭闹，事情到此为止。那女儿跟她亲生父亲有很深的感情，这么多年过去，对继父也不从心里接受。毛相林便对她说：虽说他不是你亲爸，但他过来的时候，你们家是个烂摊子，他给你们家带来了温暖，至少让你妈有了个依靠，并且他和你妈一起，为把你们姐弟拉扯成人，付出了很多心血，特别是你弟弟那时候还小，不靠他，也难，你不能因为这件事，就去派出所告他，把他弄进监狱。

　　话是这样说了，但事情过了很久，毛相林也还不能原谅那家男人。

　　在他看来，没经同意就拿走人家的钱，不管拿去做什么用，都是不可原谅的。

　　他万万没想到自己也会做出那种事！

　　万万没想到未经妹妹同意，他也要挪用妹妹的钱！

　　妹妹存下的钱数目不小，有整整三千块。加上四千六百八十元，采购排头的三材物资，可以了。毛相林将七千六百八十元交到会计手上，才给妹妹写去信。

县城和绝壁之间

三材物资是国家严格管控的，没有相关部门的批条，根本弄不到手，特别是炸药，即使有批条，每回购买也不能超过一百二十斤。

毛相林与方四财商量，觉得与其去跟办事员磨，不如直接去县农业局找朱局长。朱局长名叫朱崇轩，此前在骡坪区当过区委书记，竹贤乡属骡坪区管辖，对下庄的情况，朱局长非常清楚。再者，方四财是以农经干部的身份派驻下庄的，恰好也是朱局长的下属。有了这两层关系，至少能搭上话。

听着两人的汇报，朱崇轩的表情发生着微妙的变化。当毛相林再次说到"山凿一尺宽一尺，路修一丈长一丈，就算我们这代人穷十年苦十年，也一定要让下辈人过上好日子"，朱崇轩已经不是在听一个村干部的汇报，而是在听一则寓言。那是愚公的寓言，也是比愚公寓言内涵更加丰富的当代寓言。愚公无论是搬家还是移山，都只能靠自己，没有别的路，而下庄人却还有另外的路。

这条路就是等。

说完整，就是等、靠、要。

早在十一年前的1986年，国务院便成立了贫困地区经济开发领导小组，1986—1993年，安排专项资金，制定优惠政策，展开大规模有针对性的扶贫计划，并将传统的救济式扶贫，改革为开发式扶贫，即俗语所说的由输血变造血。1994年3月，公布实施《国家八七扶贫攻坚计划》：集中人力、物力、财力，计划用七年时间，基本解决八千万农村贫困人口的温饱问题。总之，国家是一步步来的，七年之后，一定还会有新的政策、新的措施、新的力度，改变中国广大农村的落后面貌。大家都是望着的，都在等，今年你，明年他，总有一天，会轮到我。

然而下庄人却不准备等了。

他们不等不靠，要自己动手，自力更生。

朱崇轩当时，可能还不十分明确蕴含其中的更深价值，但他为这种精神感动了。"人是要有点精神的"，精神是情怀，是境界，是品节，人无精神不立，国无精神不强，民族无精神，人口再众多，历史再悠久，也担负不起"伟大"这个词。

二人汇报完毕，朱崇轩沉默了一会儿，才慢慢恢复到领导的角色上去。

他没说批不批，只说："要修，就修好，要修，就要修得像个路。"

这等于是同意了。

不仅同意，还当即决定，支援下庄村十万元三材物资作为启动物资。

"我估计，"毛相林说，"朱局长听说我们有七千六百八十块，心头都有些酸。他是个好局长，能理解下头的难处，并且实实在在地帮忙。"

东西买到了，怎么修，还得勘测。

前面说过，房屋和田地占据的东面，首先得排除，后溪河对面，当然也要排除，不可能把公路修到河对面去，那还得计划一座桥。而且，河对面接不上别的路，河这面却能接阮村公路。前些日乡上开会，书记、乡长都说，阮村要修路，石院村、石沟村、药材村、福坪村再跟着来。他们是立项的，有资金保障，地势也相对平顺，等下庄村的路修上去，那些村子的公路早就变成老路了。

除去那两个方位，只剩了村庄的左右两侧，左侧远，陡峭也并不输于右侧。

因此只剩了唯一的选项。

村里没人懂勘测，以前修人行道，反正就在那一百零八道"之"字拐上动工，无须勘测。这次只能去外面请师傅。毛相林便去三溪乡，请来师傅邓胜全，又去起阳乡请了一个。对下庄村，两位师傅当然知道，但从未来过，这天被毛相林引来一看，见绝壁千仞，寒凝深谷，顿时腿就软了。

"这路没法修！"这是他们说的第一句话。

没法修？下庄人祖祖辈辈住在这里，不会不知道没法修；连人行道也没修成功，不会还不明白没法修公路。没法，就得想法，如果不是为了想出办法，请你们来干啥子？毛相林讲了这番道理，却丝毫也没能打动人家。道理是直的，直的东西太硬，很难打动人，那就来点柔的、软的。于是毛相林向他们请求，"其实是哀求"，他说。人心都是肉长的，你说科学不讲人情，但是没有人情，要科学干什么？你们已经看到了下庄的这副样子，不修条路，下庄人就永远被锁在里面了，自生自灭了，再过些年，巫山县就没有下庄村这个地方了。

两人果然没能架住，只得勉强同意试试看。

可一旦投入工作，却又表现出非凡的热情。

他们也是被毛相林的精神感动了。

绝壁上无立足之地，根本不能做实地勘测，很多地段，只能腰系虹绳，悬空测量。所谓虹绳，就是在粗棕绳上拴几根红布，一表吉利，二防野兽和猛禽袭击。据说，母猴的月经凝结于岩石，成为名贵药材，采药人腰系绳子，悬空采摘，惹怒了老鹰，老鹰成群围攻，除啄瞎了采药人的眼睛，还用翅膀砍断绳子。拴了红布，老鹰畏惧，不敢拢身。还有很多地段，是爬到对面山上，根据山形山势，估摸岩石质地，确定个大致路线。测量工具又相当简陋，没有电子经纬仪，没有水平度盘，只有眼睛、经验、绳子、镐头、钢卷尺和一根竿子。

毛相林、方四财和几个村民，每天就背着绳子，拿着镐头，跟着两位师傅起早贪黑，爬坡上坎。渴了，就喝几口冷水，饿了，就啃几口带在背包里的干粮，累得实在不行的时候，就找个能放下半个屁股的地方，喘息一阵。

"老毛总是拿着镰刀冲在前面，"方四财说，"一是看有没有危险，二是清理路障，像刺藤那些东西，不清理，把人锥伤事小，要是挂着衣服裤子，把人拉扯一下，就可能出大事。老毛说他个头小，钻刺笼方便。"

这一钻，就钻了四十多天。

但对毛相林而言，搞勘测的四十多天里，是他觉得最轻松的时候。"每天只是跟着测量员走走路，爬爬坡，"他说，"身累，心里不累。有时我们还讲些笑话。"

讲笑话，是让两位师傅放松，同时也让他们知道下庄人修路的决心。下庄人的决心在希望中生成，反过来又培植希望，让希望开花。

然而，如果用来培植希望的，不是土壤而是万仞山岩呢？

离开下庄的头天晚上，邓胜全辗转难眠。做测量，他做了几十年，险路不是没测过，但再险，测出的也叫路段，也能见到个前景，而下庄村的这条，会有怎样的前景？他越想越不放心，越想越害怕，连忙起身，去把毛相林和方四财摇醒。

"你们当真要修这条路?"

回答他的，是清醒而执拗的两声"是!"。

出 征

1997年农历冬月十二，阳历12月11日。

这是个平常到有些干瘪的日子，我和刘华查阅这天的大事记，去书里查，也在网上查，史家记下的，国内仅有一个不太显眼的人事任命，国外是美国政府给微软公司开了张罚单，与别的日子相比，显得简陋而潦草，仿佛这是个不值得书写的日子，是当世人可以忘记、未来人可以认为根本就不存在的日子。

然而，对下庄人来说，这是个特别的日子。

特别到开天辟地。

这是他们启动修建绝壁天路，向命运宣战的日子。

头天夜里，有风从村庄跑过，天空晴朗，傍晚和擦黑，应该有月亮，但月亮在井口之外的远处，在下庄人望不见的地方。虽如此，却把清辉慷慨地洒向了天坑。毛相林看见，风把天吹白了，把村庄也吹白了。好在没下雪，风里也不带雪的气息。十点过，毛相林躺下睡觉，却睡不着，每过一会儿，就披衣起床，走出屋外。当他最后一次起来，望见了启明星，大如鹅蛋，亮如晶体，成为天空中唯一的光，也成为迎接黎明的使者。那遥远的星辰和光明的使者，跟擦黑时的月光一样，没有忘记下庄村。这让毛相林深深感动。

他进屋洗了脸，把昨天收拾好的背篓又检查一下，便听见地皮抖动的声音。

那是村民们的脚步声。

"真的，那脚步声踩得地皮子抖。"

村民打着火把，从各自的家里出来，朝毛相林的房舍聚集。

院坝里站不下这么多人，就在田边地角迤逦开。

"袁孝恩到！"

"马振华到！"

"谭先煌到！"

"杨亨华到！"

"杨元鼎到！"

"沈庆富到！"

……

都到了。

风比夜里小了些，但依然扯得火把呼呼作响，如招展的旗帜。

毛相林一声令下："出发！"

八十多人，可谓浩浩荡荡。在下庄，从没有过这样大的队伍，大集体的时候，村里的人比现在多，但出工是分组的，挖地、下种、担粪、薅草、打农药，各去各的地方，各做各的事；修人行道的时候，一次也就出动二三十个劳力。

这八十多人并不是全部，昨天就有几个上去了，是提前把炸药等物送到了鱼儿溪。鱼儿溪是一挂瀑布的名字，也是那挂瀑布起点的名字，根据两位师傅的勘测，那里同样成为下庄公路的起点。先遣队沿老路爬出天坑，再横向南移，经万龙池，进入阮村地界，再下行至海拔一千一百米处，鱼儿溪就到了。

大部队当然同样是走老路。

所谓老路，其实是仅有的路。一百零八道"之"字拐，很多人都走过，苦、累、险，是这条路赠予他们的三个汉字，也是三个词语，还是三种发音。孩子们只知道"学习"和"劳动"，大人们则是在累中受苦，险中求生。

究竟有多苦、多累、多险，尽管我已做过不少描述，依然不能得其万一。《光明日报》记者郑晋鸣曾跟毛相林去走过，走了一个钟头，才走一公里，却已是心慌神乱，力不能支，口不能言，只捂住胸口喘气，不得不就此作罢，打道回府。我深感遗憾的是，我没去走那段路，在下庄的日子，天天下雨，没人敢带我们去冒险，加上现在林木封道，实在也没有路。而

1997年的冬月十二，那条路上是光秃秃的，偶有藤蔓和树枝，凡够得着的地方，都被抓得油光发亮。

他们每人负重八十多斤，还要腾出一只手举火把，却感觉比哪天都要轻松，跟毛相林他们搞勘测时一样，竟然还边走边说笑话。

"欢喜得很！"谈到那天的事，参与修路的村民都这样说。

欢喜，或许就是出征时的真实情态。

哪怕知道前方是惨烈的战场。

爬上头墩子，天已大亮。灭了火把，回头望一望村庄，村庄被掩在雾里。直到这时候，心里才生出些别样的滋味儿。为什么突然觉得离村庄远了？为什么突然觉得离亲人远了？为什么突然觉得离祖宗的坟墓远了？……

队伍沉默下来，声音只在喉咙和胸腔里翻腾。不知不觉间，眼里有了泪水。是激动吗？是悲壮的英雄情怀吗？我愿意这样去理解，但在和他们交流的过程中，也轻易发现了这样理解的肤浅。"我们要背叛他们了。"杨元鼎说。"他们"，是指祖宗。在下庄老辈人的心目中，祖宗不只是个表达过去的时态，也不只是个关于鬼神的概念，而是带着某种连续性的永恒实体，一直在场，祖宗的眼睛看着他们，祖宗的魂灵保佑着他们，同时也规约着他们。祖宗是根，因而是高于一切的法则。

不愿整村搬迁，这种信仰起着至关重要的作用。

然而现在，"我们要背叛他们了。"

因为，祖宗是要藏起来，而他们却要将下庄打开。

这其间包含的情感，惆怅与骄傲并存。

驶向远方的船，是对岸的背叛。生出嫩芽的禾苗，是对种子的背叛。离开子宫的婴儿，是对母亲的背叛。诸如此类的背叛，何尝又不是绝对的忠诚。

祖先们选择了下庄，下庄便与下庄人同在，下庄人也与下庄同在，将下庄打开，不是让下庄消失，而是确立自己的位置。

这群修路人，以朴诚成就他们的透彻。也可以说，是他们给予我的教育。每当我走向最底层的民间，走向最低处的生活，总会受到最深刻的教育。许多时候，知识在生活本身面前，显得漂亮和雅致，却也苍白。

但究竟说来，负重攀爬在陡直的山道上，眼中噙泪总不相宜，加上额头上奔扑而下的汗水，他们已经看不见路。于是挥臂一抹，把泪抹去。

如果从天坑顶部俯视，基本看不见那群人，只看见背篼蠕动。那背篼里，装着锄头、镢头、镐头、钢钎、大锤、二锤、錾子、箩筐、竹竿……这是几百年前的祖宗们就用过的工具，哪像一支修路队伍？但他们就是，而且是去绝壁上修路。

除了工具，还有粮食、被褥和锅碗瓢盆。

这分明就是要住在山上了。

是的，昨天的先头部队，上去了就没回来。

第一炮

鱼儿溪，美丽的名字，却又不知道为什么取这样一个名字。

那是一条站着的溪流，所以被称为瀑布。

瀑布两侧，石壁夹峙，石壁间宽可容身，抬头望，峰如掌合，天开一线，云过鸟飞，都瞬息即逝。瀑布起始处，倒是有几块洗衣板似的石台，石台朝里倾斜，积水为潭，均脸盆大小，游鱼往来倏忽，光影般即闪即灭：蹲下身看，分明在眼皮底下，眼睛一眨，却尾鱼不存——都躲进石缝里去了。那些小如花针的生灵，为这条瀑布或者说溪流，赋予了一个名字，可见它们和山岩一样古老。

鱼儿溪以前属阮村，后来村子合并，划给了下庄。阮村人说，鱼儿溪的鱼，永远都只有这么大，为的就是便于去石缝里躲藏，它们不把水看成家，只把石缝看成家，觉得石缝才能给予它们安全。安全或许得到了保障，付出的代价，却是永远也长不成一条真正的鱼。

"这说的是我们。"下庄人大度地承认。

但这是在 2021 年，二十四年前，他们不会这样轻松自在。那支修路队伍，以下庄人最快的速度，花四个多钟头集结到鱼儿溪，看着鱼儿溪的鱼，绝不愿承认那就是他们。一切都即将改变，一切正在改变，他们也要以水为家，融入潮流。

毛相林领着这群人，做的第一件事，是拿出柏香。

柏香如同三材物资，是必需品：点引线时，这东西最管用，火硬，有近千度高温。但此时拿出来，是敬告山神，并求得山神的原谅。

大山万万年屹立于此，万万年形成这危峰入云、深谷泻玉的绝美风光，近几百年来，又母亲一样护佑着下庄子民，下庄人身上穿的，口中食的，无不得益于您的恩怀，您把光阴和光阴里的好日子，都赐予他们，让他们世世生息，代代繁衍。到如今，下庄变穷了，落后了，也不是您的过错。但他们要向您求一条路，以跟上时代，造福子孙。今天，丁丑年冬月十二日正午十二点，下庄公路即动土开工，特向您焚香禀报。有惊动您老及众多生灵之处，敬请谅解，并乞望给予修路人平安吉祥。

当毛相林把柏香插入石缝，人群肃穆，只听见哗哗流水声。

鱼儿溪终年不断，万万来，如果没有罡风鼓荡，流水声是这里唯一的声音。

可是从今天起，将加入另一种声音。

离正午十二点还有两个钟头，做午饭的已架上了大锅。毛相林站在崖口，给大家讲解勘测出的路线，讲完又忙着分组。共分成四个组，各组再行分工。

与此同时，施工员测定排头的线路。

施工员就是杨元鼎。杨元鼎就是老队长的儿子。此前几年，那个让下庄人又怕又服的老队长，已在柴山上不幸身亡了。

做工程，施工员的重要性不言而喻，他们不仅要现场监督、测量、编写日志、处理现场问题、联络指挥中心，还对施工进度、质量和成本负有直接责任。做这项工作，需要文化、经验和专业知识。毛相林去外面请，请十个八个，都是来天坑顶上望一眼，转身就走。这到底和勘测员不一样，勘测员只踏出个线路，相当于为你划定战场的区域，他们出场时，战争并没有开始，而施工员则须穿行于枪林弹雨之中，是要见血的！找不到洋专家，就培养自己的土专家，总之不能让这泡尿把人憋死。杨元鼎念过高中，当年的下庄村有两个高中生，一个是教师张泽燕，另一个是杨元鼎，因此，杨元鼎是继老支书黄会鸿和教师张泽燕之后，下庄村地地道道的文化人。老支书八十高龄，不可能上山来，张泽燕要教学，唯一有资格能当"土专家"的，只剩了杨元鼎。

做工程和念书本，完全各是一码事，再土，也得是专家才行。好在三溪乡和起阳乡那两位勘测员来下庄的四十多天里，杨元鼎也一直跟着，向他们淘了些术语，也淘了些学问，他就利用那些学问，站在山崖边比画。

十二点之前，已吃完饭，且做好了一切准备。

时辰到，毛相林又是一声令下："开工！"

最初，四个组并没各自行动，大家都按杨元鼎比画出的线路，挥舞锄头和镢头，也用钢钎撬动那些较小的石块。"高兴啊！"毛相林说，"刚到鱼儿溪时，见勘测出的路线那么凶险，有些人虽然嘴上没说，但眉头说了，即使没打退堂鼓，也是勉勉强强的，可一旦正式开工，大家就欢喜起来，跟出发时一样。"

每挖下一锄头，每扎下一錾子，对下庄而言，都是历史性的。

挖和撬，都是为了刨出立足之地，好安放炸药。可事实证明，能立足的地方，不适合安炸药，该安炸药的地方，又岩壁垂直，且长年水珠飞溅，岩面发黑，用竹竿往上一靠，竹竿像长了腿，自己就往下溜，可见有多打滑。

想了许多办法，都不济事。

只有一个办法了：挂到绝壁上去，用凿子抠出炮眼。

这个任务，落到了刘崇凤身上。

"毛书记让我去炸响第一炮，是对我极大的信任。"刘崇凤说。他以前在起阳、骡坪等地修过公路，是最有经验的人，也是下庄村最见过世面的人。如果说，修路之前下庄村也有现代化玩意儿，就是刘崇凤家的面条机，去巫山县城买的，拆分成几十坨，折腾往返，耗时大半年，才全部背回村子。

那天，刘崇凤在腰间系了虹绳，衣兜里塞进两公斤TNT和一段引线，被几个村民吊在崖壁上。他手执凿子和铁锤，悬空作业。当了几十年农民，这时候他才明白，手上的活，其实是腿在帮着使力，腿无着落，手上就没劲。人直立行走过后，腿和手还在暗中合作，并不是以为的那样严格分工。人总在不经意之间，回想起自己的来路，不管你愿不愿意。崖壁上响起叮叮当当的声音，声音刚出来就流散开，被空阔吞没，上面的人根本听不见，只看见他扬锤子的动作。

他自己也听不见，耳朵里嗡嗡作响。"后怕是肯定的，但当时没考虑生死，只是想，人听山听了数百年，现在，山也该听一听人的了。"

而面前的石壁，只是起了些白点子。

总是找不准位置，前一凿和后一凿，老不在一个地方。好像过了一生一世，才凿开酒涡那么大个洞，而他明显感觉到，上面拉扯他的已体力不支，绳子晃动得越来越厉害。他不知道，上面已换过两拨人，而且又增加了人。

终于，炮眼做成了。他把炸药摸出来，放进去。感觉不够妥帖，便又将炸药塞进衣兜，再凿。"这是下庄公路的第一炮，我倒是没去想这一炮的重要意义，但明白这一炮不仅要炸响，还要炸好，不能出任何差错。"

寒风吹打着他，但汗水早已湿透了衣裤。当他再一次放进炸药，觉得应该万无一失了，才万分小心地装上引线，抬了头望。

上面的人早等着这一刻。

刘崇凤和引线一同上升。

待刘崇凤站定，所有人都按指令躲到了安全区域，就把目光投向毛相林。

毛相林却没有下令，他举着一根两丈多长的竹竿，去戳人群附近那些凸出来的石头，清除潜在的危险。每一块石头都很结实。

"预备！"

香已点燃，预备工作早已做好。

"放！"

引线噗嗤笑了一声，接着像为自己的笑很不好意思，有了片刻的哑静。当它看到那八十多双眼睛，才又明白了自己的使命，嗞啦啦疾响，直奔崖壁上的洞口。

"轰！"

只见石块崩落，耳朵短暂空缺，便听见山鸣谷应。

烟尘散去，崖壁裂开一个大口子！

"嚯——嚯——嚯——"

举众欢腾。

古老的下庄村，一个新的时代已经开启。

这时候，是1997年冬月十二日下午五点。

"亡命徒"

炸药是金贵的，不能随便放，放一炮，炸出立足之地，再用钢钎和凿子，蚂蚁啃骨头一般向前推进。石头撬松，便背靠崖壁，用双腿把石头蹬下深谷。

任何一处都不能闪失。

确切地说，是不能稍有闪失。

"太险了……"至今想起，也摇头。

要说险，处处险，但鱼儿溪并不算最险。

最险的是往下走，到私钱洞、鸡冠梁一带。

鸡冠梁是以山形命名的，崖壁暴露，日晒雨淋，表皮已严重风化，轻轻一扳，就掉一块，那些不知世事险恶的种子，被风带到这里，在壁窝里安身，未及苏醒，或刚发出小芽，就霍然坠落，葬身谷底了。私钱洞是因山崖间有个天然石洞，二百年前，有作奸犯科者在洞里造私钱。那群人早已作古，却创造了一个地名。这名字湮没了道德评判，只让人去想象那段局部的野史。据说现在还能从洞里找出铜壳子。路过那里时，我和罗一凡下车，越过阴森森的溪涧，爬上去看过。洞口低矮，需匍匐而进，但我们到底没敢进，只怕铜钱没找到，却找出一条从冬眠中苏醒的大蛇来。现在能上去，是公路外修了亭子，溪沟也经过打理，弱化了其狰狞的面目。修路之前，阳光终日不透，瀑布垂直悬挂，瀑布左侧，即修路的地方，峭壁上只见青苔，不生寸草，稍一失手，就把活人变成尸体。

但现在说这个还太早，下庄村的修路人，还奋战在鱼儿溪。

下庄公路起始于鱼儿溪龙水井，顺"溪"而下，即到私钱洞和鸡冠梁——这两处雄关险道，其实是整面石壁，宽度绵延三点五公里；过了鸡冠梁，再回头望月，绕山环转，跨过鱼儿溪下端，便直抵村中心。由此可见，鱼儿溪是头，也是尾，鱼儿溪拿不下，或者在鱼儿溪折了士气，就不可能挑战私钱洞和鸡冠梁。

因此鱼儿溪的战果，至为重要。

他们越来越有经验了，只修了十来天，放过二十多炮，就掌握了窍门：放炮不能"少食多餐"，要"暴饮暴食"，也就是，与其每天放两三炮，每次装很少的炸药，不如一天就放一炮，甚至隔天才放一炮，尽量多填炸药进去，放一炮就炸开一大片，这样既省工，又节约，还带劲儿。他们也很快掌握了填放炸药的技巧：先用钢钎打个小洞，用少量炸药将底部震松，把洞里的石屑和粉尘掏干净，再填。通常能填一二十斤，炸起来真是撼天震地！

去绝壁上打炮眼，同样有了新的技巧：除在腰间捆上绳子，还将绳子系住箩筐，人站在箩筐里吊下去，这样脚有搁处，能使上力，手上也跟着添了力气，工作效率明显提升。拿箩筐到工地，本是抬运土石，现在有了意料之外的用途。

可一旦分组行动，箩筐就不够用。

说后溪河谷多竹，且"粗如碗口"，可扎筏放排，那是以前，就我所见，并不如此。整个巫山，虽有黄竹产品行世，其实竹子并不多。李振国曾带我们参观，城里不见竹子，这当然不奇怪，而今的城市，到处都难见翠竹的身影，苏东坡所谓"宁可食无肉，不可居无竹"，只当成格言使用了。但开车出城，一路翻越绵延山体，也没见几根竹子。由此我想，巫山人以前等女人生了娃好吃顿竹米饭，非但不能放开肚皮吃，还不是所有女人生了娃，都能用竹米招待客人。

然而我只是看到了眼前，先前的后溪河谷，确实是竹林修茂，以水竹为盛，1950 年代，下庄村就办了个国营造纸厂，成捆的竹子被水车木锤砸破，撒上石灰，发酵二月，捞出捂上一月，于水塘清洗，再打碎、摊薄、晾干，很是忙乎。结果不仅污染了环境，茫茫竹海也扫荡一空。纸厂虽在1983年就被勒令停业，但那凤尾森森万竿竞秀的奇观，从此消失。植物是有灵性的，恐惧的基因也会遗传，后来不再滥砍滥伐，任其生长，它也不敢长了。

竹子少，笋箕不够用，下庄的修路人却不可能等到竹子长出来。

即使还有零星的竹子，也没时间去现编。

于是他们想出了另外的办法。

这办法就是：让山下送来孩子玩的铁环，依然系了绳子，吊于绝壁，人跨在铁环上，一条腿里，一条腿外，勒住胯部。坠下两个铁环，也就坠下两个人，这两人合作，一人执钢钎，一人挥大锤，不把炮眼打好，就不上来。累得不行的时候，最多停下来喘口气，想好好休息一下，根本不可能。

轰轰隆隆的爆破声，叮叮当当的锤击声，此起彼伏的号子声，惊动了天坑外的阮村人和石沟村人。

那两个村子，是下庄最近的邻居，他们的上辈和上上辈，也常谈论下庄，甚至羡慕下庄，但近二十年左右，不再羡慕了，连谈论也少了。二十年是整整一代，这新一代对下庄人的生活，可谓一无所知。站在村子边缘，岩石遮挡，望不见下庄。他们只是知道，那下面有人，"下面"，就成为下庄村和下庄人的代称。"下面"的人过日子，当然跟常人有别。能想象蚯蚓在土层之下，不能想象人，何况那不是土层，是岩石，是天坑。因此，在他们眼里，下庄人的生活不仅是神秘的，也是不可思议的。偶尔看见下庄人背着肥料从他们地盘上路过，都默默无言，安静得像块移动的泥土。安静，是他们给予外界的全部印象。

现在是怎么回事，搞出那么大的阵仗？

有人已探到消息，说："下面在修公路呢！"

"公路"这个词，突然间完全不理解了，于是问："啥子公路？"

当他们最终得知，下庄人是要在悬崖峭壁之上，抠出一条能跑车的路，顿时双目一瞪，继而哈哈大笑。

可笑声未停，浑身就起满了鸡皮疙瘩。

"天啦！"

这声呼喊，是抽过几口凉气才喊出来的。

"那群人疯了！"

同样的话，乡武装部袁部长曾对毛相林说过。

现在，不是针对毛相林一个人说，是针对全体下庄人说。

这件事，由阮村和石沟村，传到药材村，由药材村传到福坪村……

"几百丈高的绝壁呀，咋可能修公路？"

"那群人疯了！"

"那群不要命的家伙!"

"那群亡命徒!"

接踵而至

是的,自从这群人上山,就被死神盯上了。那阴郁的幽灵,混迹于乳白色的云雾,在崖壁间飘荡。正如毛相林所说,也如村民刘恒玉和村医杨亨华所说:"自从我们上了山,个个就都是把脑袋拴在裤腰带上的。"

惊险的遭遇昨天有,今天有,明天也一定有——

蒋长久,跟刘崇凤学打炮眼,学几次就学会了,知道选位置,也知道先把周围松动的土石清理掉,便开始独立操作。这天,他扛着家伙朝作业面去,脚底一滑,头朝下摔出数丈远,头和身子都冲出了悬崖,幸亏旁边的沈庆富眼疾手快,一把抓住了他的脚后跟。错过千分之一秒,就没有蒋长久这个人了。

刘从龙,正撬着一块石头,上头一块巨石轰然垮掉,擦着他的腰下去,竟只擦出一条小口。如果他的头偏一点,就没有刘从龙这个人了。如果石头砸在他脚上,他就会跟着巨石落入沟底,也没有刘从龙这个人了。

杨亨华，跟刘从龙的情况类似，稍有不同的是，巨石崩断了他的腰带，裤子一落到底，腰间擦出的口子，也更长更深些，背上和膀子还被散石打得发麻。杨亨华个子高，身体壮，力气过人，一捆七百七十斤重的钢管，能叼着根香烟，扛半里地才歇。有回他背走一块石头，后将那石头破开，装了满满一斗车，斗车的载重量是一吨，到而今五十余岁，一辆摩托车还是提起就走。如果他没那么壮实的身体，没那么大的力气把身体稳住，石头崩断腰带的同时，会把他一起带走，而石头的去处，是望不透的深渊，那就没有杨亨华这个人了。

杨元鼎，作为施工员，每天在四个工地来回跑，那天他正从一个工地到另一个工地，踩在碎石上，碎石滑溜，他摔倒在地，顺势下滑，裤子刺啦啦磨得稀烂，眼见到了崖口，却蹬住了个小坎子。要不是那个结实的小坎子，或稍微打个滚，头朝外，定然摔下悬崖，就没有杨元鼎这个人了。

"还有张泽太、袁孝恩、张从林、张继清、袁大军……"毛相林说，"这些人的命都是捡来的。"

毛相林自己的命也是捡来的。那天，他正在洞子里作业，一网石头土块突然垮塌，把洞口封死。在场的人七手八脚，有工具的用工具，没工具的用手，指甲挖断，十指磨破，终于将他刨出来，出来时已是嘴皮发乌；要是动作稍慢些，就没有毛相林这个人了。另一次，他站在路基上指挥，那段路基猝然崩掉，他反应迅捷，纵身跳开，躲过一劫；要是反应稍迟钝些，也没有毛相林这个人了。

"虽然只分了四个组，"方四财说，"但工程最紧张的时候，有十二个工地，十二个工地同时施工。为了安全，老毛总是一个一个去检查，有时还捆着虹绳，亲自吊到悬崖下面去查看。我和他一起去工地，遇到险要关口，他总是说：'老方，你让我先过去，我好拽你一把！'他事事冲在前，时时打头阵。他心里比谁都明白，只有他带头上，群众才会有干劲。"

但在毛相林看来，这一切都是自然的。

"我是支书，又是总指挥，就要做个灯塔才行。我熄灭了、哑火了，你叫后面的人朝哪里走？没个方向，不就乱了套、散了伙？修路不是上战场，可下庄人修路就是上战场。在战场上，你当指挥官的首先退缩，不打败仗才怪！"

危险不是某一个人的，危险是所有人的。

下庄村的所有人，凝聚成了一个人，有同一个心脏，同一个血肉之躯。

毛相林暗自庆幸的是，一个接一个，都经受了生死考验，也都有惊无险，不仅没死，还没受伤。破点皮肉，裂个口子，出点鲜血，那不叫伤。"流血算啥子？"村民王先金说，"顺手抓把土，撒在伤口上，又拿起了钢钎大锤，根本没想过会不会感染，会不会得破伤风。那时候人皮实，还真没有谁感染过。"像杨亨华他们、蒋长久他们，前一秒钟还差点丢命，后一秒钟又在干活，完全没当回事。

可事情还是出了。

不是感染，是摔断了肋骨。

出事的，正是王先金的弟弟王先银，当年只有二十岁。

他撬石头的时候，钢钎打空，摔了下去。好在没摔多深，只有五六米，石头也没跟着他下去。但毕竟断了肋骨。这是真正地受伤。

消息很快传入村子，毛永义听说后，大发雷霆，通知儿子回去。

毛相林本来也要回去，人受伤了，他一面组织人把伤员送到医院，一面要亲自去给伤者的父母说明情况。

毛永义逮住儿子就大骂，骂了问他："你硬是要把人修死才罢手吗？"

毛相林深深懂得老人的心，父亲是为他好，是怕路没修出来，却出了人命，那他毛相林这个村支书，就既无法给村民交代，也无法给上面交代。可他是带头签了军令状的，带头立过誓的，他已经骑在了老虎背上。这些，他都没法给父亲讲，越讲越要被骂，因为最初他是瞒着父亲的，父亲无意间听见他和母亲说到修路，还以为是修人行道，就表示了坚决的反对，后来，跟阮村和石沟村人一样，听到隆隆的炮声，父亲才知道是修公路。他的担忧可想而知。除了担忧，还有愤怒，觉得儿子把他当成了个废人，这么惊天动地的大事，也不给他说。担忧和愤怒，父亲都只会用同一种方式表达：骂。

毛相林默然无语，听父亲骂，待父亲骂够了，他便给父母下保证，说从今往后，一定会更加注意工地上的安全。

这句话让父亲火上浇油。

这句话明明白白就是说：不可能罢手。

父亲咳嗽起来，指着毛相林，脸憋得发乌，却说不出话。

那时候，毛相林万分愧疚，可是他不能再耽误了，加上他觉得，自己不在跟前，父亲眼不见为净，可能还好受些，就匆忙告退，直奔王先银家。

王母只说了一句话："毛书记，你只管领着人好好修路，莫担心我们。"

"遇到这么好的乡亲，我没有理由不把事情做好。"

至今回忆起来，毛相林还眼圈发红，声音颤抖。

但那时候，毛相林和他的修路队伍，还并不十分清楚问题的严重性。尽管知道鱼儿溪不算险，真正的考验还没到来，却也没料到那种考验有多么残酷。

万事开头难，这话没错，但也绝不是真理。

工地上的夜晚

修路人每天劳作十余个钟头。天麻麻亮即吃早饭，乡里人吃饭快，三五分钟，一顿饭就解决了，碗一搁，立刻操家伙动工。冬天里，到下午六点过，晚饭吃罢，便暮色四合。这是工地上最温柔的时光。人和绝壁搏斗，绝壁也在和人搏斗，夜晚促使双方鸣金收兵，并赐予他们休息和宁静。

夜晚是多么美。

被夜晚拥抱是多么美。

路修到哪里，就在哪里找地方睡。没平展地方，就分头找岩洞。"只要勉强能蜷一个人，就硬塞进去。"而那些洞子，本是黄猴和野山羊的家，被人强占，无处安身，冷月之下，山羊徘徊四顾，咩咩啼鸣，令人悲凄；猴子却没这么老实，气得不行，就朝人扔石头，还乘人不备，偷走衣物和洗脸帕，挂于树枝，随风乱舞，舞几下，便飘坠山谷。见这景象，猴们集体摇动树枝，欢呼雀跃。

找不到岩洞，就在岩顶或刚炸出的路面，搭个简易窝棚。"不能把窝棚建在陡坡上或悬崖下"，这点常识他们有，但他们是下庄人，正在修下庄的绝壁天路，许多事都不能依书上说。

好在多数时候，找不到洞子，也能找到上凸下凹的"偏岩"，就在这样的地方，用竹竿、胶布和油布，扯起个篷子。

累得太狠的人，还不能马上睡，否则根本睡不着，表面睡着了，也是似睡非睡，脑子里奔跑着白天的影子，手脚还在使劲，心里也在使劲：那块石头咋就撬不动呢？是钢钎的位置没下对，还是石头也要长根？太阳晚十分钟落山，那段路就能清理出来了，可惜了！一块巨石自天落下，眼看就砸在自己头上，却无处可躲……如此这般回忆着，想象着，洞子里时不时响起叹息声、惊呼声、想喊却喊不出来的呜噜声。等挨到天亮起来，比刚睡下时还累，脚软、手软、浑身软，上工时百般尽力，活路也做不走，还增大了危险系数。

所以不能天黑就睡，要把白天的事清理掉才能睡。

清理的方法是听彭仁松和张国香唱歌。彭仁松是下庄村的男歌手，张国香是下庄村的女歌手，一个是高腔，一个是低吟。调子就是那个调子，他们随口填词。

走到哪里黑，

就在哪里歇。

没得铺盖盖，

扯把树叶叶；

没得枕头睡，

石头也要得。

这么一唱，睡洞子，枕石头，竟有了别样的趣味。

如果栖身的洞子大，在里面燃着篝火，再如果能有一点酒，倒进碗里，转着圈儿，你抿一口，我抿一口，边抿酒，边听歌，紧绷绷的神经慢慢就松下来了。

但究竟说来，各在一个工地，各住一个洞子，他们的歌声不是每个人都能听到，因此最通常的清理方法，还是讲笑话、玩扑克。

笑话是讲过千百遍的。一个村子住着，谁闹了笑话，风一吹就传进耳朵里来，然后你说给我，我说给他，一路添枝加叶。当说到没什么可以添加，或者被笑的人皮了，毫不在意了，这个笑话就枯萎了。所以有时候，人活着，那个笑话已经死了，有时候，人死了，那个笑话还活着。他们发现，近些年来，下庄村能拿出来讲的笑话，非常少，没有笑话，就没有生活，即使还在生活，也是缺乏活力的生活。能讲的，多是上辈和上上辈传下来的，而时过境迁，世易时移，那些笑话尽管好笑，也不应景了，加上咀嚼多年，早没了水汁，只剩了残渣，平时闲得无聊嚼一嚼可以，无非是打发时间，现在可不行。现在是要让人真笑，只有真笑，身上的累，心里的怕，才能被笑声烧成轻烟，随风飘走。

于是把修路的冒险经历当成笑话讲。

这个新鲜，而且是他们自己创造的。

比如杨亨华的腰带被崩断，就是个可以无限发挥的笑话，说那块石头，前世是个女人吧？跟杨亨华是夫妻吧？马上有人纠正：咋可能是夫妻呢？哪个当婆娘的，会当着众人去抓扯自家男人的裤带子呢？多半是个荡妇。第三个接腔：你活了五十多年，见过荡妇没得？世上没有荡妇，荡妇都是男人想出来的，男人想女人浪，又要推责任，就说人家是荡妇。第四个把烟粘在嘴皮上，眯着眼睛：你跟我一样，最远也就到过竹贤乡，连骡坪镇也没去过，就见过簸箕恁大个天，说啥子"世上"？下庄没有荡妇，你能担保乡上没有？乡上没有，你能担保县城没有？县城没有，你能担保重庆没有？第三个被扫了脸。以前，下庄人不在意说自己没见过世面，自从开始修路，对这事反而变得非常敏感。连自己人说也敏感。

眼见就要闹得不愉快，可这不是说笑话的目的。

于是第五个出来打圆场：要说荡妇，也可能有，但是再荡，再不要脸，怕也不至于猴急武扎到那步田地。多半是杨亨华负了人家，她要报仇，她宁愿把自己的脸泼出去，也要丢杨亨华的脸。

这话引出一阵笑话。杨亨华本人也笑得合不拢嘴。

如此翻来倒去，不断演绎，就能说好些天，笑好些天。

玩扑克是更为常规的清理方式。马灯朝洞子或窝棚中间一放，会玩的，围着马灯上场，不会玩的，看别人玩。看不懂没关系，玩的人又不赌钱，甚至也不是争输赢，全部乐趣，都在斗嘴上，斗嘴斗得好，就会斗出笑话来，看的人也便跟着笑。因此，玩扑克是一举两得：扑克也玩了，笑话也听了。

工地分散，住处也分散，但分得再开，每个住处毛相林都要走到，夜夜不落。干活时没精力抽烟，许多情况下也不允许抽烟，到了晚上，毛相林的包里，就鼓鼓囊囊揣着纸烟，见男人就散。工地上最年长的六十三岁，最年轻的十七岁，十七岁还是娃娃，只不给他散。纸烟自然是毛相林自掏腰包买的。"哪怕只有一角钱一包的呢，"他说，"也是个意思。"这意思就是兄弟情谊，就是凝聚人心。

抽着烟，毛相林不失时机，鼓舞士气，提醒安全。然后，他陪大伙打两把牌，帮助他们缓解了紧张情绪，又去下一个点。

村民知道他累。除了全面协调，四处奔波，他还有自己的那份工，并不是说他是村支书，是总指挥，那份工就能免。

"毛书记那时候最累，"刘崇凤说，"你累我累，都不如他累。"最难的活，最危险的活，包括去绝壁上悬空钻炮眼、安放炸药雷管，他都带头，搬石铺路，他都往前站。他手上的血泡，鼓了又破，破了又鼓，锹柄一握，锹柄上就满是血，看着就痛。遇到问题，他就在石头上办公。标杆立在那里，党员和干部都跟着学，干部们在各自负责的岗位做了安排，又急急忙忙赶往自己的地段，埋头修路。党员干部后面，是跟上来的群众。"没有毛书记，那条路不可能修出来。"

2016年派驻下庄的陈天艳曾经问毛相林："做农村工作的秘诀是啥？"毛相林的回答是："哪有什么秘诀，只要想到你也是百姓中的一员，想到你也有他们的困扰、他们的希望，而他们都盼着你去做好，那你就能做好了。"

村民知道毛相林累，也担心他跑来跑去的不安全，白天在那样的路上行走，也险象环生，夜里更不消说，于是都劝他别跑，说毛书记你放心吧，该记住的我们都记住了，也晓得缓解压力了。毛相林说："那就好，但是你们也别玩太久，最多讲五个笑话，打两圈牌，就休息。"

马灯次第熄灭。

大山沉入黑暗。

夜风在崖壁上疾奔。

而窝棚或者山洞里的人，睡了。

因人多洞小，睡在洞口的，往往半个身子在里，半个身子在外，而洞外即是悬崖，稍微翻个身，就会被更深的黑暗吞没，变得无声无息。因此，他们都在腰上绑根绳子，绳子的一端，拴在插入岩缝的老树根上，或直接绑在石头上。太累了，很快就睡过去了。睡梦里没有恐惧。即使梦见自己从悬崖掉下去，也像长着翅膀，轻盈得像一束光。冬天或早春，天亮醒来，发现被子变沉了：油布篷早被夜风掀开，被子上覆盖着积雪。头和脸，都被雪埋了。

"老黄忠"和"小罗成"

那位六十三岁的，名叫马振云，下庄人称他"老黄忠"。

那位十七岁的，名叫杨绍明，下庄人称他"小罗成"。

听马振云的故事，如同听下庄村许许多多人的故事，简单地讲，就是"捡命"的故事。一生当中，马振云曾数次困于绝壁，又数次死里逃生。

最神奇的一次，是他去后溪河畔的峭壁上刮野棕。野棕在峭壁中段，斜刺着生长，上下均有二百米左右。刮完上来，第一把，就扯断了爪钩绳。幸亏那时还没离开棕树。他骑在树上张望，看不见人，也听不见人声。只有在壁上游走的野风。家里和村里，都没人知道他的去处。数日，甚至数十日、上百日，这里可能都不会来人。他只能饿死在上面，枯死在上面，没落气的时候，就被老鹰啄掉眼珠，啄掉脸肉，只剩一个骷髅。生死关头，他想起一首曾在这条河上流传的民谣："红岩对白岩，岩上有棺材。金银千千万，舍命拿得来。"看来，他今天是要走上那条路了。可是他只不过想刮几匹野棕，并没想拿走千千万的金银，也没有千千万的金银让他拿。他不想舍命，他还想活。这么一想，反倒出奇地冷静，琢磨再三，心生一计：用棕叶制成降落伞，飞落于崖下的河水。

在筑路大军里，马振云被分到四组，四组的组长是村医杨亨华。杨亨华说，马老汉是我们组的安全员，每次吊虹绳下岩，都是他先下，选好路线，钻炮手才下。炮响过后，他不准别人去，他自己先去排危。遇到矮岩，他就用竹竿戳；遇到高岩，就用两根竹竿绑起来戳；高到实在戳不到，就爬上顶，再用绳子吊下来，用钢钎戳。一直把松动的石头全部排除干净，绝无任何差池，他才准许接着动工。"所以，我们组没出过大的安全事故。"杨亨华很骄傲。

"粗木重石，马虎不得，"马振云说，"特别是工地上有年轻人，他们是太阳才出山，竹子才出林，命金贵，我们这些老头子，要晓得护。"

"小罗成"杨绍明，本应该坐在教室里，他在骡坪中学毕业后，考上了广播电视中专学校，可对于他，录取通知书是一把刀刃：家里没钱，上不起学。

每当提到钱，曾为没饿过饭而骄傲的下庄人，都会遭遇沉重打击。

在他们看来，小农经济是温暖的、可爱的，商品社会却是如此得令人不安。先前，村里有时会来人卖货，都是以物易物，比如一把锄头换一块腊肉，腊肉钱远多于锄头钱，却不仅不计较，还留货郎免费吃住。因为货郎有财有物，还专门腾间屋让他们住。那时候多好，就连来个叫花子，也请吃请喝，绝不嫌弃。

物是热的，钱是冷的，一旦提到钱，世界就凉了。

但这就是现代社会的规则，下庄人无力改变。

唯一的办法，是改变自己。

哪怕是在委屈当中改变。

既然没钱读书，杨绍明就跟随父亲杨亨德，上工地来了。

工地无父子，你占了一个工，该你自己干的活，父亲不能帮你。悬崖不长眼，该你自己多长眼睛的地方，你要加倍小心。

穷人的孩子早醒事，杨绍明也如此。不输志气，不落人后，是最起码的。累了，咬咬牙就累过了。手上起了血泡，用针挑一挑，血泡就破了。再握锄把时，手上刺痛，忍一忍，再忍一忍，痛也拿你没办法，只好让位给麻木了。

他在工地上什么活都干，但最喜欢干的，是扩筒子。所谓扩筒子，就是用旧书旧报，一页一页地裹在钢钎上，扩成纸筒装炸药。这时候，他一边干活，一边快速浏览书报上的内容。他由此不仅知道了许多山外的故事和山外的人生，还知道了长江抗洪抢险、科索沃战争和东南亚经济危机。

曾有记者问了杨绍明三个问题：

一、最怕的是什么？

二、最想的是什么？

三、最希望的是什么？

杨绍明的回答是：最怕的是挑，因为挑不起；最想的是读书，因为读不起；最希望的是早日修通下庄公路，因为下庄人在岩上"硬是爬苦了"。

工地上的女人

如果家里男人出门打工去了，或者病了，或者死了，就由女人上工地。

这是军令状上明文写着的。

于是，那些女人们，跟男人一道，走向绝壁。

当年三十四岁的刘道凤，是因为丈夫打工去了。

当年五十二岁的张国香和三十五岁的陈正香，是因为丈夫有病。

当年三十三岁的陶中翠，是因为丈夫死了。

当年三十一岁的杨元炳，则占了两种情况：丈夫死了，丈夫打工去了。

死的是她前夫。她前夫名叫毛相奎，前面提到过，毛相奎是扒沟时被砸死的：正扒着堵在堰沟里的碎石，没想到落下一块大石头，正正中中打在头上，晌午抬回来，下午死的。"有公路的话，当时送医院，他就不会死。"

说着，杨元炳一声抽泣。

那时候虽然穷，穷到"一瓦住三店"，可两口子感情好，说得来，谁知那个跟她"说得来"的人，才二十多岁就不跟她说了。

丈夫落气那一刻，悲痛填胸，她当场就疯了。时哭时笑，突然哭，突然笑，痴痴呆呆，神神癫癫，"啥都不晓得做"。几年后，郁气发散，她才慢慢想通。人死不能复生，可她还有儿子，还有长长久久的日子要过。经人劝说和双方父母同意，她嫁给了毛相奎的亲弟弟毛相礼。她比毛相奎小四岁，比毛相礼大两岁。

结婚不久，修路之前，毛相礼出门打工去了。

王仙翠同样占了两种情况。

也可以说是一种情况：丈夫死了，然后丈夫又死了。

当初丈夫在上面修路，王仙翠在家种庄稼，照顾多病的公婆和年幼的女儿，累是累，可跟杨元炳、张国香、陈正香、刘衍春、刘道凤、陶中翠等等工地上的女人相比，再累也不累。

她没想到丈夫那么快就丢下她。

山上的人难得回家，除非粮食吃完，轮换着下山背粮，才回一趟家。"山凿一尺宽一尺，路修一丈长一丈"，毛相林这句话已深入人心，因为他们亲身体会到了，悬崖峭壁上，果然被他们抠出了路。时不我待，只争朝夕，不仅是毛相林的想法，也是所有修路人的想法。只要不下大雨，就不歇工。

那天正下着大雨，王仙翠的丈夫心想，前些天就听说家里电路坏了，不如趁雨天回去整修一下，于是冒雨下山。结果电路没修好，自己却触电身亡。

王仙翠成为家里唯一的整劳力，依照军令状，她得上工地。

日子艰难，她又找了个丈夫。丈夫把她从工地上替换下来。仅过年余，他们的儿子才生下不久，有天丈夫回来，为一家老小砍些柴烧，又失足摔死。

王仙翠再次上了工地。这次没有人替换她了。五岁的女儿和三个月大的儿子，只能丢给生着病的公公婆婆。儿子吃不成奶，就用汤汤水水养活。

王仙翠是个小个子女人，仅有八十来斤体重。据说当年更瘦。这个瘦弱的女人，却要一肩挑着工地，一肩挑着家里。

"那时候确实苦，"她说，"我一个月请一天假，回来给老的小的准备一下生活。班子上见我困难，也同意我请假。我那第二个丈夫又带了个老人过来，我就得照顾两个小的，三个老的。要是娘家爹妈，苦得受不住，还能朝他们吼几声，发泄一下，可公公婆婆不仅不能吼，还要好生服侍。只是，看见老人孩子那个境况，我会哭，躲进屋里悄悄哭，如果老人进来，我马上就把眼泪抹了。"

我们去下庄村的当天，恰逢《环球人物》记者杨学义也去了，听了王仙翠的陈述，杨学义说："你们修出了一条看得见的路，但你们每个人都有一段生活的路，走这段生活的路，可能比修那条看得见的路更艰苦。"

王仙翠表示同意，她说："上山修路的时候，我心里真的要轻松些。一方面是不去想，另一方面，毛书记说得对，修路是为后人。我的那第二个，砍个柴就摔死了……我们去乡镇上背肥料，说起来路并不远，可要走一整天，走到头墩子，要歇，走到二墩子，又要歇……不想让后人再去受那种苦。"

说着王仙翠笑起来。年届五十岁的人，笑起来竟有羞涩的少女情态。她笑，是因为儿子就在身边。她儿子叫陶骥，现就读于广西玉林师范学院，一年的书学费、生活费，就要四五万，要是没通公路，这种事做梦都梦不到。而且，两任丈夫的三个老人过世后，她作为儿媳，都体体面面地为他们操办了后事。

回想往事，苦里似乎也有甜。但那是在回想的时候，是在现实比往事更值得拥抱的时候。当年在那绝壁之上，又该是另一种情形了。

女人不像男人那样挥大锤、打炮眼，就掏碎石、背水、背炸药、做饭。杨元炳说，她每天早上四点钟起床，为她所在的施工队做早饭。灶是石头砌的，就是三块石头一围，上面放口大锅。吃完早饭天还没亮明白，他们上工地，她就去背炸药。上午背两袋炸药，又忙着做午饭。下午，她下到沟里背水，要尽量多背，一是做饭用，二是工友们劳累一天，满身尘土，满身臭汗，也要洗洗。背水的路程，往返一趟十多公里，背完水如果还有时间，就再去背袋炸药。一壶水五十斤，一袋炸药八十斤。背水的时候，除了背篓里的五十斤，还两手各执一壶，每壶装十斤。工地有多高，水和炸药就背多高。背篼一放，立即又做晚饭。

"做饭要烧柴，柴也是做饭的人自己去找。"刘道凤说。

算算时间，无法想象要跑多快。

即使在平地上，也快得让人瞠目结舌，她们却要穿山越涧。张国香负责的工地，背水途中要过一道"天桥"，所谓天桥，是为了修路，临时在岩的这边和那边，用几根小圆木和野葛藤捆搭成的通道，圆木很滑，经雨更滑，桥下即目力不透的深谷。张国香每天要在这座桥上跑四趟。水背至崖顶，再靠一根绳子，顺绝壁分数次转运到位于半岩的工棚。五十二岁，在当年的下庄村，算是一个老人了，何况还是一个女人。但张国香从没叫过苦。年轻小伙都叫受不了的时候，她也没叫过。她是觉得，自己的男人生着病，她一个女人来顶工，本就"输着一成"，如果她再叫苦，更要遭人谈论。她心里争着那口豪气。

实在累得不行，她就面对自己的心，唱几句山歌。

"在工地上，我们没把自己当女人。"杨元炳说，"家里没男人，自己把自己当成男人就是。晚上睡觉，也是在通铺上跟男人一起睡。"

"男人的好，越是危险的时候，越能见到。"许多上过工地的女人说。

男人不让女人吊虹绳。晚上睡觉，都让女人睡里面。里面安全，又冬暖夏凉，唯一的坏处是有蛇，那些阴湿的生物，静悄悄挂在壁上，有时跟石壁一个颜色，马灯照不见，只等到了半夜，才突然间落下来，落到被子上、鼻脸上，凉津津地从身上越过，追逐吱吱乱叫的老鼠，有时还钻进被窝里去，吓得人失魂惊叫。男人们听到惊叫声，即使还在梦里，也连忙伸出手，把蛇抓过去，朝洞子外扔。好在都没被蛇咬过。蛇看着可怕，其实并不随便咬人。

"想起来，扔掉人家也不应该，"刘衍春很怜惜，"是人家的地盘呢。"刘衍春的脸上就掉过蛇。那时候她不满二十岁，还是个姑娘，之所以上工地，是因为除了她，家里就没有人能上工地。

作为女性，有件事让刘华憋不住想问："你们来了例假咋办？"

"来了就来了呗，"王仙翠说，"没当个啥事。那时候又没卫生巾，有也买不起，弄些草纸垫着，没草纸就弄些破布，有时还用汗衫。这些都没有的话，血浣了裤子，别人也看不大出来，身上不是灰就是土。"

"看出来也没得啥子，"刘衍春说，"那杨亨华大哥，是修路时出工最多的人，干的又是重活、险活，攀来爬去的，有时裤子扯得稀烂，屁股都遮不住。"

"在那种场合，没哪个注意那些，也没分个男女性别。"陈正香说。

这么点点滴滴地回忆着，但我们不问，她们就不去回忆。

事实上，当年究竟是怎样熬过来的，无论干部还是群众，无论男人还是女人，大多含混了其中的细节。

只记得冬日里的白雪皑皑，夏季里的烈日炎炎。

村　庄

与工地相比，村庄显得多么安静，安静得像是沉入了安静里。不仅是人，连牲畜、田土和房舍，仿佛都屏住呼吸，尖着耳朵，倾听右侧的山崖。炮声过后，往往是人声，那声音浮荡在上空，渺茫而无序，但每一丝震颤，都被村庄捕捉，心一直悬起来，直到听见了笑声，或钢钎大锤的击打声，或彭仁松那裂帛穿石的歌声，悬着的心才砰的一声落下去，然后揉一揉胸腔，干自己的活。

自从修路人上了山，村庄就改变了千百年来的性格，变得沉缓了，细腻了。女人和老人，成为了村庄的主角，土地靠他们耕种，庄稼靠他们打理，牲口靠他们经管，孩子靠他们抚养，琐琐碎碎的生活，靠他们维持和推动。生活本就是琐碎的，没有琐碎，就没有芜杂，没有芜杂，就没有温度。这就像城里的大街，宽阔而整洁，当然好，却丧失了温度，一副跟你没有任何关系的样子，反是那些小街小巷，卖白菜蒜苗的，卖卤肉烧腊的，卖锅碗瓢盆的，卖坛坛罐罐的，卖花花草草的，高言低语，热气腾腾，你行走其间，脚下踏实，心里温暖。

但对下庄村的留守者而言，却没有任何抒情的空间，他们感受到的，不是温度，而是硬度。他们伸出柔软的手，却碰到粗粝的石头。要么不去碰——不去碰就停止了生活；要么把自己的手，变得跟石头一样粗粝。

杨亨华的老婆黄全英，从小被父母宠着，后嫁到杨家，也过得舒坦自在。杨亨华有四弟兄，以荣、华、富、贵命名，四弟兄很团结，尽管婚后各立门户，也还相互帮衬，论日子，在下庄算是相当不错的。杨亨华比哥哥和两个弟弟又更好过些，他是村里唯一的赤脚医生。下庄人腔肠里的病少，头痛脑热少，却伤得多，伤了就找杨亨华。如此，收入自然就比别人多些，手头也就宽裕些。

"遇到大伤呢？"我们插嘴问。

"大伤基本上就收命，抬到医院去也治不好，"杨亨华说，"路上耽搁得太久了。如果不是收命的伤，下庄人好医。"

接着举了好几个例子。其中一例说，某人割牛草时，把左拇指割断了，从指节处，断得只剩皮连着，路远，舍不得活路，就用鸡屎藤把断指捆住，继续割草，两个多钟头后才来找到他杨亨华。杨亨华为他消了毒，"把两节杵拢，纱布一捆，夹板都不打，自己就长好了，还没任何伤形，也不影响弯曲。"李能敦听了感叹："下庄人的再生能力太强了。"但杨亨华说，比那严重得多的都能治。

家里有这么个人，黄全英不像别的乡亲们那样愁钱花。这是一方面，另一方面，杨亨华身强力壮，说他干起活来一个顶俩，还是把他说低了，犁田耙地，出山砍柴，别人畏难的事，他不多一会儿，就做得规规矩矩。某些时候他出诊在外，家里没了柴烧，黄全英不是花钱请人砍柴，就是直接买柴。正因此，活到三十多岁，她也从没砍过一把柴，从没挑过一担水。

但这一切，都因为修路彻底改变了。

柴烧尽了，即使你有钱，请谁去砍？又有谁能余出柴卖给你？只有自己拿着弯刀上山去。山有多陡，她不是不知道，可只有自己到了山上，随便一下脚，就蹬掉一层土，就看见碰落的石子飞坠谷底，才算真的知道。

难怪摔死那么多人。

千万不能死。手破了，顾不得，活着就好。腿上直冒血，顾不得，活着就好。弯刀在她手里很不灵便，可终究也砍下些柴枝，供她做饭、煮猪食。以前有丈夫挣钱，每年她只消消闲闲喂两头猪，现在喂了四头。她的手粗了，腰粗了，肩膀上鼓起肉疙瘩，走路一阵风。辛辛苦苦喂肥的猪突然病死，她会哭一场，然后该干啥干啥。丈夫好不容易回来一趟，刚往椅子上一坐，立即呼呼大睡，睡着了却又大声喊叫，像还在工地上。见这情景，她会心痛得流眼泪，然后把丈夫拖上床，让他睡得舒服些，再脱下他"屁股都遮不住"的裤子，在灯下缝补。

人家说，黄全英活到三十多岁还是个女孩，是修路让她变成了女人。

一个下庄村的女人。

一段下庄女人的成长史。

女人如此，老人也没一天闲着。岁月赋予他们生活的智慧，使他们成为村庄里的主心骨。只要还能动，也成为女人的帮手。

八十一岁的老支书黄会鸿，七十二岁的老党员吴昌汉，六十九岁的村民沈发白……每天从早忙到晚，带小孩、放牛羊、掰苞谷。不只带自家小孩、放自家牛羊、掰自家苞谷，是谁需要，就帮谁，也不要人提出来，自己就一路吆喝着找过去。

刘道凤的丈夫打工去了，她本人又上工地去了，家里最大的孩子才九岁，得去替他们把罐子挂好，让几姊妹能做饭吃；下庄村的饭罐，大而沉，一坨生铁，动不动就十几斤重。陶中翠的丈夫已去世四年多，家里穷，儿子周玉波——如果你还记得，周玉波读三年级的时候做美术作业，画了一带村庄，天上有风筝，地上有房子，房子旁边还有车子；可读到五年级，他也从没用过一本新书。交不起学费，领不到书，他的书全是老师找高年级同学帮他借的。陶中翠在工地上，跟男人一样，把锄头当挖掘机，把撮箕当推土机，从亮忙到黑，没时间回来照管孩子，得去看看周玉波跟他姐姐有没有吃的……

活路多，任务重，老支书起床后静坐几分钟的习惯也改了，喝杯白开水，就踏着晨光出门，出了张家进李家，去了田里去地里，而他自己家还有个病人：老支书膝下三子，患病的是老二黄玉庭，患的是内风湿。

连九十多岁的袁老婆婆也没闲着。袁老婆婆自从嫁到下庄村，就再没回过娘家。她裹过足，是小脚，嫁时是抬进来，出山靠自己走，就走不出去了。听说修路，她乐得像个孩子，也力所能及，帮左邻右舍照管孩子。

修路，不只是修路人的事，是下庄所有人的事，所有人都在为此劳心劳力，就连年仅十四岁的初中生向平和刘从艳，周末也去工地上帮忙。

时任万州日报社社长的侯长栩，在为一本名叫《下庄人》的书作序时，满怀激情地写道："下庄人可贵的也最有特色的不是表现个人主义，不是个人英雄主义，而是敢于向大自然挑战的集体主义。"

鸡冠梁会议

鱼儿溪终于打通，下庄村的修路队伍，挺进私钱洞和鸡冠梁。

因这两处几乎平行，便由几组分头施工。

这个星期六，午饭过后，毛相林在梁上召集会议。

每当说起那次会议，村小教师张泽燕就很激动。他本以为，到了更加险要的地段，毛书记是要强调安全，万万没想到自己成为了会议的主题。

张泽燕当年，老婆已经病逝，家里没人能顶替他修路，但不管你是谁，家家都要投劳，包括毛相林在内。张泽燕当然情况特殊，不是每天上工，只是周末。那时候，国家实行双休日已有两年多，于是张泽燕周一到周五教书，周五放学后，立即上山去，周日收工后，饭也来不及吃，就赶着天光回转。他十几岁就从父亲手里接过教鞭，从没干过重体力活，更别说是去绝壁上干夺命活。村民体谅他，都尽量帮衬他。可越是这样，他越要自觉，越要拼出力气，干得像个样子。两天下来，腰痛，腿痛，手抬不起来，连起床都困难了。像今天，虽然只干了半天，身上的力气就被抽空了，握锄把的地方，结出了一串深紫色的血葡萄。

在这种地方开会，只能站着开。虽叫"梁上"，却很难找到能站下人的地方，便各找位置，使队伍拉得很远。

毛相林见人到齐，先让大家朝上面看。"看见没有？"他喊叫着说，"那上面是路，是公路，是我们下庄人修出的公路！"

人人引颈而望。其实看不了多远，目光刚放出去，就被山岩割断。但他们知道，山岩的那边和高处，是鱼儿溪，鱼儿溪的崖壁被他们抠过，抠出了两米多宽！

群情振奋。

毛相林右手一举："这不是欢呼的时候，更不是庆功的时候，万里长征，我们才走了第一步，更加艰巨的考验还在后头。但是我们已经越来越看清了自己，没有什么困难能把我们难倒——难得倒别人，难不倒我们下庄人！"

又是一阵欢呼。

欢呼声停，毛相林话锋一转："我们修路是为了啥子？为了改变下庄的落后面貌，为了子孙后代能有个好的前程，能过上幸福的生活。没有公路，就没有出路，但如果娃娃们没把书读好，肚子里头没几点墨水，就是瞎子聋子，那才叫真正没有出路！下庄村出门打工的，大家都听说了，有的被骗进黑厂，有的辛辛苦苦做几个月，却领不到一分钱，人家合约上就那样写的，你自己是睁眼瞎，才上当受欺！所以要有知识，要有文化，这辈人吃尽了没知识的苦，不能让下辈人再吃。娃娃要学知识，就必须有老师去教，老师又教书又修路，确实太辛苦。我的意见是，张老师专心教他的书，就莫来修路了，大家的看法呢？"

换下一个人不是小事，是关乎原则的大事。规矩立在那里，每家必须出一个劳力，不出劳力就出误工费，现在你既不出工，又不出误工费，凭什么？凭你是教师？教师还领着工资呢！再说，你换下来了，你的那份工，就要分摊给别人，谁愿意接收？张泽燕当时，觉得这事是不可能通过的。

"没想到那么顺利。"张泽燕说。毛相林要大家议一议，几分钟后，就纷纷表示赞同。不仅赞同，还争相承担他留下的工段。

张泽燕十分感动，表示一定认真工作，把孩子教好，绝不辜负大家。此后，他白天领着孩子们学习，放学后，又领着孩子们给工地送粮食和蔬菜。他要孩子们记住，父辈是怎样在发扬愚公精神，不等不靠，自力更生，顽强拼搏；要孩子们记住，父辈这样不畏牺牲，艰苦付出，是为了你们，为了下庄的未来。

有天，张泽燕讲得声情并茂，激动起来，奋然提笔，在黑板上写下了两行大字："大人流血修路为我们，我们读书为下庄明天！"

这句话一直流传到今天，从教室里的黑板上，写到了操场外的挡墙上。

其实，毛相林召开那个会议，是还有另外的担忧。

工地上，受伤的越来越多了，伤得也越来越重了。受伤不算啥，凡上工地的，谁没受过伤？可受重伤就另当别论了。而重伤已经出现。

有人头皮被削去一块，有人手指被碾断几根。这也不算啥。杨亨华的哥哥杨亨荣，被巨石砸中腰部，使腰部以下完全失去知觉，问题就严重了。毛相斌——也就是十多年前写《我的车车》得了零分的那个毛相斌，被石头撕了皮，石头像长着铁爪，撕得他的后背和大腿没剩多少皮，只露出红通通的肉。他还是个孩子的时候，就梦想着"我的车车"，为了"我的车车"，他付出了沉重的代价。而毛相斌是毛相林的堂弟，毛相林如何去给叔叔交代，让他心力交瘁。他是悄悄去见叔叔的，没敢让父亲知道。但终有知道的时候，毛永义听说后，拍着床板，一迭声大叫："叫那狗杂种回来！"口信疾雨般传到工地，毛相林也没敢回去。

善后事再难，有毛相林去处理，但如果伤到张泽燕怎么办？那时候，下庄村原先配备的三位教师，另两位已经退休，整个学校，只剩张泽燕一个人守讲台，如果张泽燕有个三长两短，就把孩子们荒在那里了，那才是天大的罪过。

又是钱

"别看我们缺乏经验，"毛相林说，"但从没因为放炮伤人。都是炮响过后，石头蹦起来把人砸伤。"石头碰着石头，反弹回来，最不好辨方向，因此那样伤人也最多。当毛相林一声令下，除了前去点引线的，都找地方躲，而四处峻崖，脚步再快，想跑也跑不远，想躲也躲不开。更何况导火线装得那么短。

导火索装得短，是因为缺钱，缺钱就只能惜钱。

又过几天，就不是缺钱了，是没有钱了，马上就面临停工了。

毛相林说过，当修路修得钱花光了，就养猪挣钱，或外出打工挣钱，挣了钱再接着修。这句话的潜台词是：大家把钱挣到手，村集体再向你们伸手。可是到而今，毛相林的心情变了，想法也变了。人的想法，总是跟着心情走的。因为修路，耽误了庄稼，村里的女人和老人累死累活，毕竟也盘不活多少土地，而修路人饭量越来越大，还尽量把好的给他们吃，多一分力气，就能多做一分工，也能添一分注意力，躲过混迹于乳白色的雾里、游荡在崖壁间的那个幽灵。

下庄村因此变得更穷了。

向穷得差不多砸锅卖铁的老百姓伸手，毛相林不忍。

不忍，就得另想办法。

想不出办法就只有不修。

不修是不可能的。

绝对不可能。

路，是下庄村唯一的出路！

毛相林思前想后，想到了去银行贷款。

结果可想而知：没能贷到手。

首先是他那身穿着，就没人敢相信他能还得起。

"衣服就够烂了，肉都遮不住，最要命的，是他脚上那双鞋子。"方四财说，"老毛跑的路多，一双鞋跑不了几天就穿眼漏壁，买新的么，哪来的钱？他家里，父亲是那个情况，女儿眼睛残疾，妻子又多病——她那个病很怪，发酸、厌食、恶心、呕吐，同时伴着头痛，平时不显，痛起来就要命，关键是还不能吃消炎药，因为她除了有神经官能症，还有脑血栓。这样一来，一家人的农活，主要就靠老母亲，拼死拼活，能挣下几个？就算挣下几个，老毛也节约出来，给大家买烟抽，给集体买材料。钢钎錾子，隔一阵要修理，磨损到再也修不好，就得买新的。老毛就把钱花在了这些地方，一分也舍不得花在自己身上。鞋穿烂了，烂得只剩几股筋，就用葛藤或草绳捆在脚上。而今想来，那真是惨不忍睹的。"

银行贷不到款，毛相林就又在方四财这个老伙计身上想办法。

那时候，方四财兼任着农合基金会主任，他记得，1998年腊月的一天，也就是下庄公路动工一年以后，"老毛拿着房产证找到我，想抵押贷款。"

这次顺利贷到一万多元。

"万一事情泡了汤，你又拿不出钱还，房子做了抵押，你家住哪里？"

这样的问题，方四财当时想问，但不能问，因为"泡了汤"这种话是不能说的，连想也不能想。但过后，一定有不少人向毛相林提出过，包括此时的我。

"我没想那么多，"他说，"想多了就干不成事了。"

又说："当真落到那一步，搭个草棚棚，照样能过日子。"

"老毛真是把全家的老底都拼尽了，"方四财说，"他家里只剩下老屋了，现在又抵押出去了。他唯一交代我的是，不要让他家里人知道。"

如果家里人知道了，会出现怎样的情况，毛相林自己也说不准。

母亲支持他，这没说的。

妻子也支持他，同样没说的——妻子名叫王祥英，曾在骡坪读完初中并补习过一年，念初中的书学费，都由毛相林提供，后来实在难以为继，她才没接着念下去。即便如此，在下庄也算高学历。从这件事倒是看出，下庄人并不重男轻女，我所了解的许多川渝乡下，早年间，如果男女订了"娃娃亲"，都是女方在支持男方读书，后来男方跳出"农门"，同时也就跳出来许多现代陈世美。

王祥英比毛相林个子略高，性格内向，不喜与人交往，但从不拖毛相林的后腿，还时时处处，表现出一个支书女人的担待。邓胜全他们两位师傅来搞勘测的时候，四十多天都吃住在她家里，方四财更是一直吃住在她家里，每天多做几个人的饭食，特别是，对方是客人甚至是贵客，而自己又手长衣袖短，要弄出几样菜端上桌，累不累且不谈，关键是焦心，焦心焦肠；这一焦，病就特别容易犯，使劲掐太阳穴，汗水还是大颗大颗滴。后来，当工地上出现了伤员，王祥英又总是拿出自己舍不得吃的白糖和鸡蛋，去见伤员的家属，既说宽心话，也赔礼道歉，像那是她的过错和责任。尽管身体不好，她也全力辅助母亲，侍弄庄稼，还喂了六七头猪。要不然，毛相林哪来的钱给工友买烟抽？哪来的钱给集体买材料？毛相林每次找家里要钱，王祥英都没说过二话。

但把房子抵押出去，又是另外一回事了。

虫子也有个窝。人没有房子，就很难谈到家。特别是在乡下人的观念中，家和房子是一体的。有好些打工的人，挣了钱不干别的，全拿回家修房子去，修起来并不住，但一定要修，其中深层的心理内因，就缘于此。

万多块钱实在顶不了事，材料要购买，重伤员要医治，万多元无非是烈焰下的几滴水。于是毛相林和方四财"又老着脸"，再次去找县农业局长朱崇轩。

一年过去了，朱崇轩面前的两个人，皮肤变成了皮革，手掌布满裂口，握一下，裂口刀刃般锋利，看一眼，翻出暗红色的肉。十根指头不是杵得展平，就是鼓出死疙瘩，指甲上全是石头磨出的硬纹，变成了石头本身的模样。

"我们修过鱼儿溪了，"毛相林向局长汇报，"正在啃私钱洞和鸡冠梁那两块硬骨头。"朱崇轩似乎并不想听他说下去，他们的来意，他已了然，他们所做的事，已完完整整刻在他们的身体上，他们的决心，都写在眼睛里。他不想听还因为，那些故事在他想象之外，每多听一句，就是对神经的一次挫伤。他低下头，扯过纸，大笔一挥，给下庄村批了价值二十三万元的物资。

"遇到困难的时候有人帮你，"毛相林说，"最根本的，不是说你的命好，而是，你所做的事业值得别人帮助。这更加坚定了我们的信心。"

对"委屈"的另一种解释

毛相林带领村民修路的十二年前，巫山有个惊世骇俗的考古发现：庙宇镇龙坪村龙骨坡，出土了迄今为止中国最早的人类化石（距今二百万年前），学界将其定义为"能人巫山亚种"，通称"巫山人"。长江三峡科考队宣布这一消息后，《人民日报》《光明日报》和中央电视台等主流媒体，纷纷向海内外公布，引发强烈关注和巨大争议。争议的焦点是："巫山人"究竟是人还是猿。如果是人，"将动摇人类演化的理论"（著名考古学家黄万波语）。

尽管是县境内发生的大事件，大到轰动世界，可毛相林知道，却是在十年之后。那是去乡上开会，会议上午召开，因此他头天就得爬出天坑，去乡政府招待所驻扎。乡上照顾他，派个年轻干部陪他在食堂吃晚饭。吃到半途，另一个年轻人过来，跟陪同毛相林的人聊天。他们聊的，就是"巫山人"。是因为在那当天，第四批国家级重点文物保护单位名单出炉，龙骨坡遗址位列其中。

两个年轻人聊得兴起，完全忘了毛相林。毛相林非但不介意，还很喜欢，他出来，就想多听些。他们说，"巫山人"的大量生活遗迹，包括有明显加工痕迹的石器和骨器，都证明"巫山人"已经产生了文化，因此他们是人，不是猿。文化，是区分"是人还是猿"的重要标准。

这最后一句，成为毛相林那天晚上听到的最刻骨铭心的话，它给予毛相林的震动，虽不像稍后的"冰箱事件"来得直接，却更深厚。修路之前，他抢着把学校修好，不能说那句话没起作用。下庄人的祖先是以人的面目来这里开疆拓土的，他可不愿意到了自己这一代和自己的后辈，又回复到猿的样子。

文化的发展在于打破壁垒，增进交流，这是他后来在党校培训班上学到的。修路，正是为了便于交流，让自己和村民，见识更加广大的世界。井底之蛙只是蛙，不是人。是人，就得有人的眼界、人的天地、人的文化。

毛相林发现，开始需要他艰苦动员的村民，一旦投入到与绝壁的战斗中，便自觉地激发出了一种精神来。这种精神，难道不是文化最主要的体现?

这个只读过十个月初中,却极其善于学习和思考的下庄人,由此形成自己的"文化观":文化的主体是精神。

下庄人有自强不息的精神,就不能说下庄人没文化。他们一样有文化,一样渴望生长,一样追求美好和光明,而且不只停留于想,还要落实到做!

更让毛相林感动的是,有些人分明受了重伤,比如易美金,送到医院,却天天吵着要回来,天天吵着上工地,说我这没问题哟,用酒揉一揉就好了哟。而事实上,他完全动不得。可叫人吃惊的是,四十多天后,他果然就好了,又回到工地上来了。毛相林相信,这正是精神的力量。精神不是虚的,是像粮食一样可以滋养人的,是像骨头一样可以撑持人的。

毛相林同样感动的是,有些在县城打工的村民自发回来了,加入了筑路队伍;还有些老人,主动请缨,要去工地上做饭。

那是个越来越壮大的队伍。

仿佛是某种巧合,更像是某种呼应,就在下庄公路动工的那一年,有首歌唱遍了长江黄河。这首歌名叫《愚公移山》:

听起来是奇闻

讲起来是笑谈

任凭那扁担把脊背压弯

任凭那脚板把木屐磨穿

面对着王屋与太行

凭着是一身肝胆

……

无路难呀开路更难

所以后来人为你感叹

"他们把我叫'当代愚公'。"毛相林说,"其实,下庄百姓才是真正的当代愚公,很多时候,是他们教育了我。"

对毛相林的心路历程有过深入了解后,才能明白他说的不是虚词套语。

下庄百姓以其诚朴和感奋,教育了毛相林,对修路过程中各种问题的处理和认识,使毛相林得到进一步成长。

凡需奔走之事,都由毛相林和方四财出面。这是自然的,他们一个是总指挥,一个是指挥长。如果方四财没空,又需帮手,毛相林还会带上其他人。

"1998年夏天,"方四财说,"我跟老毛进城买炸药,他舍不得住旅馆,让我一个人去住,说他自己去妹妹家挤一晚。第二天,我见他满脸红疙瘩,问他怎么了,他打趣说:'妹妹家来了客,挤不下,我睡的仓库,仓库里蚊子成网,那些蚊子见我小，想把我抬走。'"

方四财听了心里酸楚。其实，睡仓库已是相当不错的待遇。妹妹家做着生意，堆着货物，本就乱哄哄的，实在也腾不出地方让他住，所以，很多时候他不去妹妹家打搅，晚上就睡在县城的公园里。自从开始修路，跑县城的次数就多起来，买炸药雷管，办某些手续，都得去，如果进城当天能办成，连夜就往回赶，但多数时候办不成，只能第二天再去，又不可能回家歇一夜再去——真回到家，就不可能第二天去，路上就要几天——于是晚上又睡公园。公园里有水泥凳，往地上一坐，头伏在凳上，就把一夜打发了。其实根本睡不着，冬日寒冷，夏秋蚊虫，而且县城跟下庄不同，大半夜还车来车往的吵人。

曾有个村干部跟毛相林去过两次就不愿去了，说自己像个叫花子。另一个村干部跟毛相林去过一次，饿得肚皮贴着脊梁，才买点水喝，吃两个包子，加上夜里睡露天，受了委屈，也不愿去了。

"这叫啥委屈？"毛相林说，"哪有干事情不受委屈的？委屈是长在事情上的，跟事情是一个妈生的，所以不叫委屈。"

话虽如此，给我们讲起时，他的眼圈还是红了。

他承认，在最艰难的时候，自己哭过一场。

那是去县城买了炸药回来，半路遇到纠察队，把炸药扣下了。扣下还了得，好不容易才弄到的！为弄到炸药，他们不只在巫山跑，也不只在重庆跑，还朝湖北跑，湖北的恩施、建始等地，都跑过。反正是哪里能买到，就朝哪里去。那天被扣，毛相林好说歹说，百般解释，"我都给他们跪下了，说工地上急等着用，但人家根本不听。"后来，毛相林去找了县公安局政委，才通关放行。再次路过那个纠察点，他哭了，泪水大颗大颗，顺着脸颊，咸咸地流进嘴里。

如果不修路，他毛相林在下庄村，可是一言九鼎的人物。

"不修路，一言十鼎又怎样？"他说，"那不就成了个土皇帝？我说以前那种家长制作风不对，结果家长制作风没改，倒升级为土皇帝了？所以那回我气过了，哭过了，就又反过来想，人家做纠察的，严格管理，并没有错。而要做成一件事，不会一帆风顺，不可能不受委屈。当了干部，就要敢于经受风吹雨打，就要敢于受委屈。或者这么说，受委屈，恰恰是我们这些村干部的价值所在。"

方四财

下庄人称方四财，除毛相林叫他老方，别的多是叫"方同志"或"方大学"。"方同志"住在毛相林家里，但实际上，下庄村的每家每户，都给他准备了一张床、一口碗、一双筷子。

他是下庄村的特殊村民，也是下庄人的特殊家人。他在乡政府的宿舍，下庄人赶场，想存放东西或者休息，都可直接去或找他拿钥匙。

而方四财真正可称为家的地方，是在万州城。

1997年初，他和西昌农专的同班同学蒋银清结为夫妻，蒋银清被分到三峡水利电力集团做财务，该集团在万州，他们的家便也安在那边。万州与竹贤，在当年，可谓路途迢遥，与竹贤乡的下庄村，更是天各一方。下到那个天坑里，就与外界隔绝，妻子那边的情况，方四财知之甚少。整个乡政府，只有一部座机，方四财要跟妻子联系，需通过这部座机，打到妻子所在单位的值班电话，而方四财平时待在村里，周末才回乡上，自从上山修路，连周末也取消，天天在工地摸爬滚打。因此，要么他找不到她，要么她找不着他，他们就这样错过。

直到那年的冬月底，方四财去县城开会，顺便给家里打电话，才知道妻子小产。小产伤身，方四财为妻子担忧，很想回去看看，可下庄公路动工不满半月，诸事尚未进入正轨，他作为指挥长，还负责协调三材物资，怎么能请假离开？会议结束，他再给妻子打了个电话，便又赶回了下庄。

那年的腊月二十八，大清早，下庄村的修路人从洞子和窝棚里钻出来，见纷纷扬扬飘着一天大雪，刚往雪地一站，头上就白了，紧跟着眉毛也白了。整座山都是白茫茫的。连平时站在山崖的那边，骨碌碌转着眼珠，好奇地看着人开山放炮的黄猴，也不见了踪影。大家眼巴巴地望着毛相林，毛相林鼻子一酸，说："叫花子都有三天年，收工，回去过年！"这个春节，方四财回了趟万州。可等他再次见到妻子，已是大半年过后。他去万州学习，学习期满，刚买好回巫山的船票，大着肚子的妻子突感身体不适，急送医院。听说不足七个月的胎儿无法保住，便立即动手术，实施剖腹产。儿子方子豪，就以这样的方式出生。

这次，方四财陪妻子坐了个月子。

也是他在家里待得最久的一次。

几年来，日月风霜，方四财都在下庄，在下庄的工地上。

"没见过像方同志那样驻村的，"下庄的村民们说，"他完全没把自己当个大学生，完全没把自己当个国家干部，跟大家一起吃住在山洞里，挖土、搬石头、下錾子、吊虹绳，啥事都干，和我们老百姓一样，一张脸就是一坨灰包，只看脸的话，就认不出人来。衣服磨破，裤子磨破，鞋子磨破，手板脚板，到处是血泡和茧疤。我们倒说是为自己修路，他为的个啥？"

这样的疑惑，蒋银清比下庄人更深，并伴随着一个女人的痛。转眼间，又是将近一年过去了，儿子都快满周岁了，再未见过丈夫的影子。你说在修路，那是啥天王老子的路，修得连家也不管？不管婆娘就罢了，连儿子也不管？

这天，方四财跟毛相林去县城找朱局长，终于又有机会给妻子打电话。电话被接起的那一刻，就扑过来暴风骤雨。

其实话并不多，只是一张通牒：再不回来，就离婚。

"离婚"两个字刚被妻子说出口，话筒里就传来儿子的哭声。

那个哭泣的小东西，长成什么样了？

"我中秋节一定回去！"方四财下了保证。

然而，他食言了，中秋节没能回去。当他急匆匆从工地赶到骡坪去给妻子打电话时，中秋节已过去好些天。

一次接一次地保证，又一次接一次地食言。

开始，妻子原谅他，但所谓原谅，许多时候也只是一种忍耐，当忍无可忍的时候，宽恕和谅解就都不存在了，责备和惩罚成为自然的选择。

蒋银清惩罚丈夫的方式，是听到他的声音，就直接把电话挂断。

许久之后的一天，方四财再去骡坪，又给妻子打电话，啪！再次挂断。

几次接通，几次如此。

话筒像被扇了几棒，"嘟嘟嘟"哭。

方四财忍不住落下了眼泪。

一旁的区委书记刘敬安，知道方四财是给妻子打电话，也猜出了对方的态度和原委，看着方四财被太阳晒脱皮的脸，如山区老农般又黑又粗的手，心里很难过。当方四财再拨过去对方根本就不再接听的时候，刘敬安说："电话号码留下来，过些天，我们以骡坪区委的名义邀请她来做客，给她讲讲下庄的故事。"

说罢，刘敬安也哭了。

但并没等到刘书记邀请，方四财锲而不舍，并请求那边已经很不耐烦的接线员帮忙转到分机。终于接了。到底接了。责备和惩罚，本身也是一种原谅。有责备和惩罚，就有和解的可能，漠然视之，形同路人，才解除了一切可能性。

方四财先道歉、说好话，然后再三恳求，让妻子带着儿子来竹贤看看，他去巫山码头接娘儿俩，并且保证这次绝不食言。

蒋银清并没有心情到竹贤"看看"，想必也没什么好看的。她来，是要当着丈夫的面，发泄她的怨气：既然你不回去，那我就把怨气给你送来！

方四财果然没食言，按时到了巫山港。妻子抱着儿子走出船舱，他在趸船上接住，伸手去抱儿子。儿子慌忙别过脸去，死死抓住妈妈的肩膀。他不仅不认识这个爸爸，还被他的样子——头发蓬乱，胡子拉碴，如同野人——吓坏了。

到竹贤乡的第二天，方四财带着妻儿来到了下庄工地。

蒋银清被眼前的场景震撼了。

头顶峭崖耸峙，脚下沟谷如烟，而那群修路人，晃荡于绝壁之间，挥舞着开山大锤。这哪里是修路？这是在老虎嘴里拔牙，在阎王肚里掏心，拼的是命！可他们当真修出了路，刚才下来的那一段，丈夫说叫鱼儿溪，就是他们这样修出来的。蒋银清这才明白，丈夫是在干着一件怎样惊天泣鬼的事情。

当听说"方同志"的妻儿来了，下庄人有猪蹄拿猪蹄，有鸡蛋拿鸡蛋，家里最好的，都给"方同志"送来，直接送到他乡政府的宿舍，堆得房间不能下脚。看着这景象，蒋银清才明白，自己丈夫在下庄百姓的心里，有着怎样崇高的分量。

她是哭着离开下庄的。

也是哭着离开竹贤的。

方四财抽空把妻儿送到了巫山港。

临别时，蒋银清又哭了一场，摸出四百块钱，抽出一百，硬塞给了丈夫。这本是方四财给她的。这么长时间，方四财头回给妻子拿钱。"你日子过得够苦的了，"蒋银清眼泪汪汪地说，"自己弄点好吃的。一定要保重身体，特别要注意安全。早点把路修通吧……没钱用的时候，给我打个电话。"

汽笛鸣响，轮船远去。

蒋银清拿着儿子的小手，不停地朝方四财挥舞。

方四财仿佛听见，儿子在叫着"爸爸"。他已经会叫爸爸了，几天的相处，他不怕这个胡子拉碴的野人了；不仅不怕，还很巴他，动不动就要爸爸抱。

可不知什么时候，又才能够抱抱儿子……

"老方为那条路，付出了很多心血，"毛相林说，"劳心劳力就不说了，还贴钱。他当时的工资大概是四百多，不少都贴在了修路上，从1997年，到2002年他调动工作离开，为下庄公路垫了万多元。有时候，他还把钱拿给穷苦村民。我俩配合得也非常好，如同亲兄弟。他是值得我学习和敬仰的人。"

"我们能看见自己的村庄"

路，从十米修到了百米，从百米修到了千米。

终于，修出了两公里。

低头一看，"我们能看见自己的村庄！"

以前，视线被山崖切割，虽然知道村庄的方位，却望不见，眼里只有褐色的石壁、青瓦瓦的云雾和云雾之下的后溪河谷。后溪河谷保持着它原始的面貌，或许是下庄村的先祖初来时的面貌，漫长而单调的时光，使其困倦而狂野，且带着方向不明的攻击性。那称不上河谷，那只是一条河经过的地方，造物主对空间的吝啬，在此显现无遗：河之外，再没有躺着的生命——要么躺着，要么站着，此外不准许有另外的方式存活，而如果你是站着的，躺下就意味着死亡。

夜晚过去了，白天又来。

白天过去了，还是夜晚。

仿佛是无穷无尽的循环，无穷无尽的无望的希望。

下庄村的这群修路人，歌声停了，笑话也不大讲了。

他们越来越沉默了。

正在这时候，有人高呼一声："看见村庄了！"

当真的，村庄出现了！那些田土，那些房舍，都扑进了眼睛里。小，小得渺茫，渺茫到只是一个意象，因为云雾的飘忽不定，村庄也如同浮荡于波涛。但毫无疑问，那就是他们祖祖辈辈居住的下庄，是他们的家园！

从老路爬到岩口子，是看不见村庄的，因此在这样的高度俯视村庄全貌，还是头一回，自己住的地方，竟然无法辨别，我说那个黑点子是我家的房子，你说不，是你家的。两人为此发生激烈争执，却最终也不能确定。

争执也是愉快的，因为总有能确定的时候。

继续修吧，修到某个地方，就不仅能清楚地看见自家的房子，还能看见站在门外的爹妈、女人、孩子、猫狗和鸡鸭。

"那种感觉太不一样了，"毛相林说，"看不见村庄，就像一直被按在水里，憋着气，憋得胸口发胀，不明出头之日。村庄一出现，立刻就松快了。"

因这缘故，这群修路人，"越搞越有信心"。

信心的另一个来源在于：他们已经受到外界的关注。

据侯长栩《我们发现了下庄人》一文记述：

1999年3月初，万州日报社派出记者侯长青去巫山县采访，了解农民在基层党组织领导下，如何脱贫致富。侯长青到竹贤乡，听说下庄人想爬出天坑，在绝壁开路。他当时不信，很想去看看，但因另有任务作罢。

同年5月，侯长青再访竹贤，亲眼看到下庄人正在三点五公里长的峭崖上开山凿石，十分吃惊，向侯长栩报告。报社要求侯长青密切关注。

侯长栩说："现实的导向是要抓农村移民和农村脱贫致富的典型，以此引导、教育广大农民发扬自力更生、艰苦奋斗的精神。"

所谓"现实的导向"，是在那段时间，巫山作为移民大县、旅游大县和贫困大县，遭遇了重重困难：一把火烧了一条街；外来投资者与地方企业发生矛盾（没说明矛盾的后果，想必是撤资）；城区滑坡体蠢蠢欲动；旅游较之往年经营不畅。几股合力，造成本就穷困的巫山，经济下行明显。某些媒体单纯强调"社会新闻"——那正是"特稿"盛行的年代，有作者以写"特稿"而发家致富，有报刊为招募猎奇写手而奖励房子——消极信息充斥版面，致使民众情绪低落，因此急需一个正面典型，提振精神，鼓舞斗志，增强战胜困难的信心。

正面典型不是塑造的，它就在生活的海洋里，就看你有没有发现和打捞的能力。万州日报社派出的另一名记者覃昌年，率先以《凿天坑》为题，在《三峡都市报》披露了下庄人的壮举。一个月后，侯长青与覃昌年合作，在《万州日报》发表长篇通讯《下庄人，用生命挑战悬崖》，引起强烈反响。

首先是竹贤乡党委做出决定，要求全乡干部学习下庄；随后，骡坪区委做出决定，要求全区干部学习下庄；接着，巫山县委召开常委会议，号召全县干部群众学习下庄精神。“下庄精神”这个词，就从这时候诞生。

但对于下庄村，那些都是山外事。

山外与山里，息息相关，这正是修路的目的。通讯见报半个月后，侯长栩带着侯长青，同巫山县副县长谭开波一道，奔赴重庆市交通局，“向副局长李健专题汇报了下庄人不怕死、敢献身的事迹，请求交通局给予支持，让下庄早日修通那条路。”侯长栩说。李副局长当场决定，奖励下庄十万元。

这是下庄村收到的第一笔主动拨款，虽然是以奖励的名义。

五十天

1999年8月10日，对下庄村的修路人而言，无非也是个平常的日子，要说不同，是比平常更顺利，连受小伤的也只是个别人。这天下午六点，在鸡冠梁又放了一炮，放这一炮后，把碎石掏去，路面平整，就该收工吃晚饭了。这真是无比顺利的一天。尤其是最后一炮，是二组放的，竟炸开三米，众人欢呼，"岩那边的一群猴子，也摇着树枝欢呼。"沈庆富更高兴，他就是二组的人，炮响过后，手舞足蹈，凑到跟前去看，说这一炮放得好哇！

话音刚落，头顶巨石垮塌，轰轰隆隆，飞向深谷。

和巨石一起坠入深谷的，还有沈庆富。

天阴下来了，很快黑下来了，谷地两侧火把乱明，却不能去槽沟里找人，因为山还在垮。毛相林知道，那个只有二十六岁，昨天还在跟他开玩笑的年轻兄弟，已经没有活路了，他不能让更多的生命去冒险，便安排人在谷底守着，自己带着村干部去沈庆富的岳父家安抚。沈庆富是从骡坪镇沙坪村上门到下庄的。

天亮后，村民才去乱石堆中，刨出那个血肉模糊早已冰凉的身体。

当初，蒋长久只在毫厘之间就坠入深谷，沈庆富冒着被带入深谷的凶险，抓住蒋长久的脚后跟，救下了蒋长久的命，没想到自己会成为下庄村修路史上第一个牺牲的人。

领头为沈庆富收尸的，是方四财。那正是方四财的妻儿到竹贤的日子，那天暮色刚降，一家三口刚吃过晚饭，方四财正听着儿子叫"爸爸"，噩耗陡然传来，方四财抓起手电筒，直奔现场。待他回到妻儿身边，已是两天过后。

但关于沈庆富的死，还有另外的说法：

沈庆富家与别人家不同，他家是妻子出门打工，男人留在家里，他死之前的头天夜里，七点多钟，听说妻子已从外地回到骡坪，便向组长请了假，想次日一早去骡坪接她。人家夫妻大半年没见过面，不准假说不过去，组长同意了。可沈庆富不想拖全组后腿，趁天没黑尽，就和易美金搭手，准备再撬几块石头，没想到才撬几杠子，一块巨石就从沈庆富的头顶砸下来。

两种情形如此不同，怎么会弄错？

这是记忆的偏差，也是传说的偏差。而且我发现，对许多细节性问题，特别是灾难性细节，下庄人都选择了忘记，正如我们问到工地上的女人如何渡过那些属于女人的难关时，她们自己也很难说清。即使说得清，也只是简单几句。

沈庆富有三兄弟，他是老幺，四年前上门到了下庄，这一匆匆离别人世，扔下了年轻的妻子、三岁的女儿，还有"娘家"的老母亲。

"妈，庆富受伤了。"这是沈庆富的两个哥哥对母亲说的话。庆富死了，不可能不让母亲去见最后一面，却又不敢把真相提前说给她听。母亲闻言，忙问伤在哪里。老大说没大事。

又说："今天有空，我跟老二陪你去看看，反正你也好久没去过了。"俗话说百姓爱幺儿，沈庆富同样是母亲心头最痛的那块肉，让他"嫁"到下庄，也是不得已。那年月，尽管天坑外的世界已是另一番景象，也只是比较而言。事实上，即便是骡坪镇所属的乡下，家里有了三兄弟，房子要修，彩礼要拿，定亲结缘照样是异常沉重的负担，"上了三个，总有一个是光棍。"这是时人的论断。"嫁"出去总比打光棍强，这是其一；其二，在老母亲根深蒂固的观念里，还是下庄人"没饿过饭"，老百姓不就是吃口饭吗，不饿饭就好。

听说去看幺儿，老大老二还陪着去，老母亲连忙往篮子里装鸡蛋，那是她平时积下的。"我们都准备好了，你不要带了。"大儿子对母亲说。然后，母子三人上路。进了下庄地界，老大便跑到前面去，每遇路人，就招呼别说出沈庆富的死讯。可办丧的锣鼓声泄了密。那锣鼓声明明白白就是从小儿子家的院坝传来的！母亲的心被猛烈地扯了一把。她已经明白了。但她不要明白，她要幻想。幻想与事实搏斗、抓挠，母亲忍受着撕裂的剧痛，一言不发，加快了脚步。

当她远远看见儿子家的地坝中间停着一口黑棺材，就知道没什么可幻想的了。

"我的儿啊！"一声悲呼，昏倒在地……

全村为沈庆富办了丧事，丧事过后，下庄人又如移动的雕像，走上了工地。

这其中包括沈庆富的岳父刘恒玉。

我们见到刘恒玉老人时，他忙去抓出瓜子，捧出柑橘，并为每个人泡茶。其好客、善良和坚韧，全写在脸上。但他不善言辞，说到激动处就结巴，说到自己的女婿沈庆富，更结巴。"一天修到黑，"他说，"我女婿没回过家。"

……

秋风一起，天气凉爽了。

国庆节也马上到了。

如前所述，这时候的下庄，已被外界知晓。侯长青和覃昌年的长篇通讯之所以引发关注，正是因为沈庆富牺牲后，下庄人却并没停止向悬崖进发的脚步，这种"宁可战死也不愿苟存的精神"，让人敬仰，催人奋进。

下庄的修路人，是这种精神出发的地方。沈庆富的死，进一步激发了他们的斗志，外界的关注和支持，让他们觉得前景光明。

"大家热情高涨，几天前的中秋节没休假。"毛相林说，"国庆节当然也不会休假。我们要用实际行动，表达对牺牲者的敬意，向新中国成立五十周年献礼！"

其实，两年来，下庄的修路人能记得起来的假期，只有一次。

就是那个大雪纷飞的春节。

因此国庆不休假，根本不需要动员。

何况还有记者在呢。

——为让下庄精神发扬光大，万州移民开发区党工委牵头，从移民开发区党工委宣传部新闻科、外宣办、万州日报社、三峡都市报社、万州杂志社，派出七名记者，含两名摄影摄像记者、五名文字记者，于9月底奔赴下庄。

9月29日，记者来到工地，遥见绝壁上晃动着黑点，不知是啥，把镜头拉近，才看清是几个汉子撑住山壁，把炸开的石块蹬下悬崖。这让记者直冒冷汗，禁不住问身旁的村民："听说前不久死了个人？"一个戴黄色安全帽的站起身，指着不远处说："就从那里下去的。"这个人名叫黄会元。记者又问："为什么修路？而且死了人还要继续修？"黄会元说："我们这里的好多人，都是从阎王那里打个转身回来的。但再危险，还是要修，路通了，子孙就能得到幸福了。"

"幸福"两个字，他说得很甜，像那是一段甘蔗。

一天过后，9月30日，工地上的人清早起来，见昨夜下过一场小雨，崖面润清，崖畔的枝叶上挂着水珠。这正是干活的好天气。云变成了雨，天坑上下，空气澄澈，能见度高。黄会元吃过早饭，就和施工员杨元鼎商量，看今天怎样"来个响的"，把私钱洞寨子垮这壁岩轰下去。

上午，十点左右，黄会元开始钻炮眼。岩石坚硬，刚钻了零点五米，凿岩机就罢了工。这已经是他使用的第二台机子。买一台大几千，虽然去外面挣了些钱，可钱那东西很奇怪，当你不再继续挣的时候，以前装进池子里的，迅速就没了，干涸了，所以挣钱的人往往停不下来，不仅仅是贪欲，还有这个道理在。这第二台机子买来，才钻了三百来米，新崭崭的东西，咋就罢工？

黄会元嘟哝着，往外拔钻头，想拔出来看看是哪里出了毛病。

正这时，顶上一块磨盘大的石头，脱离母体，当空垂落，砸在黄会元头上，并卷着黄会元，一路发出怒吼，直奔数百米深的谷底。

然后，巨大的天坑归于沉寂。

只听见秋风吹树，乌鸦啼鸣。

沈庆富牺牲后，毛相林认为那是第一个，也是最后一个，然而，"最后一个"只是他的愿望，沈庆富走了刚满五十天，黄会元又走了。

他们看见了自己的村庄，却又让村庄看见了自己身上的树叶飘零。

黄会元归来

"我最对不起的就是这个人，"毛相林说，"他本来在湖北荆山县打工，而且全家都搬过去了，已经去了几年了，我连续三次给他去信，催他回来修路。"

在此之前，还出过一件事。

"鸡冠梁会议"过后，修路人感到疲惫了，开会时还抢着承担张泽燕老师留下的任务，但会后几天，疲惫感便深入骨髓。除了确实累，还因为前方更险，同时也因为：有两家人既没出工，也没出误工费。

这其中一家是黄会元，另一家，是毛相林的妹妹。

毛相林的妹妹比黄会元走得更早，也是举家搬走的，只不过没出县境，是去县城做生意，过年过节之外，很少回下庄。公路动工以来，毛相林每到县城办事，都会抽空去找到妹妹和妹夫，要他们回去修路。妹夫的回答是："笑话，我们早就离开了下庄，要不是看父母，根本就不想回去了，还修啥路？"毛相林说："不修路可以，但要给钱。"当初，他毛相林可是拍过胸膛的：只要在下庄有承包地，不管是谁，也不管是否还住在下庄，都要修路；不修路就给钱，每天二十元。"我毛矮子说到做到!"他当时是这样给村民表态的。

听说要给钱,妹妹气不打一处来:"下庄不是还欠我三千块吗?"

毛相林顿时就蔫了头。

吧嗒两口烟,他说:"那是我私人借你的。"

"啥私人?不是买了炸药吗?"

声音凌厉。

又说:"哥你也莫争豪气,你私人朝那路上贴了多少钱?你以为我就不晓得?嫂子硬是就不抱怨几声?不跟你抱怨,就不能跟我这当小姑子的抱怨?"

说一回,又气一回。

说了气了,见哥哥那副精瘦黢黑几乎认不出来的模样——王祥英说,毛相林有时在岩上住三个多月才回一次家,黑瘦得都让她认不出来——又觉可怜。

"你就在那三千里头扣吧,"妹妹豁出去了,"就当我那钱是丢进了江里!"

可是不行啊,借妹妹的那笔钱,除了他毛相林,没别的任何人知道,当初多出来三千块,他只说是自己想法找的,你现在说是找妹妹借的,还说从里面扣妹妹一家的误工费,叫人家怎么想?就算不能怎么想,也要起疑心。

因此他不同意,并且拿出了当哥哥的威风,同时加上村支书的威风，大声说："三千是我借的，我现在还不起，但我认账，总有个时候要还。误工费是另外的事，你们不给，那就收回你们的承包地，这是村里的规定！"

妹夫冷笑一声："收了还好些，我每年还少开支几百块钱的农税提留。"

每次都这样，每次都是不欢而散。

毛相林这才认识到，对走出下庄村的下庄人，他已经没有任何约束力了。到而今，谁还稀罕那几块责任田？特别是像妹妹和黄会元这种一去不归的，证明在外面混得不错，比如妹妹的生意就做得不错，她哪里还把几块承包地放在眼里？

但毛相林还有最后一招。

他说："你们要这样，那我就下你们的户口！"

"下下下！"妹夫说，"我们本来就想在县城买户口！"

毛相林彻底没招了。

如果村里当真收回了妹妹一家的承包地，如果妹妹一家当真在城里买了户口，当然无话可说，但这些事都没有发生。村民有意见，在情在理。

大家都看着毛相林。

看你当初那胸膛是不是拍在石头上的。

毛相林再次进了县城。

这次是专门去找妹妹和妹夫。

自己的妹妹磕在那里，他有什么脸面去说服别人？

妹妹这次爽快地把钱给了！先给了欠下的，后面的再补。妹妹说："我们没时间回去修路，但是哥你放心，该给的钱，我们要给。"

如此顺利，让毛相林深感意外。

他的说法是"精诚所至"。同时也认为，听了村里人的抱怨，妹妹和妹夫确实担心他作为村支书，在村民面前不好为人，出于对他的爱护才给了钱。

但他妹妹和妹夫不是这样说的，他们说："开始，我们也没想到他们有那么大的决心，根本不认为那条路能修，钱给出去，就像丢进水里，泡都不会冒一个，哪晓得那些人硬是不要命。我们也是被感动了。"

妹妹一家给了钱，村民不再说闲话了。

他们从带头人身上，看到了决心和信心，于是再一次鼓起了干劲。

毛相林也才提笔，给黄会元写信。

如他所说，连续写了三封信。

1999年春节，黄会元回来了。

进家门没多一会儿，他就来找毛相林，说自己回来修路。开始，毛相林还不大相信，结果他不仅补齐了欠下的将近三千块义务工款，也就是误工费，还带回了个凿岩机。他是见过世面的，在湖北荆山，他就是在一家采石场打工，知道开山凿石该用什么工具。下庄人从没见过那东西，瞅着黄会元用它钻炮眼，大为惊讶：十个人掌钢钎挥大锤，也比不上一个凿岩机的速度。

"出门几年，他还是想家，"毛相林说，"听说要下他户口，他着了急。其实他完全可以像我妹妹那样，给钱就是，但他硬是回到了工地上，证明他不仅想家，还希望家乡变得更好，希望亲自参与到家乡的建设中来。"

雕　像

这幅照片无论挂在哪里，都会格外醒目：六条汉子，赤裸上身，腰板挺直，神情坚毅，手执柏香，跪在鸡冠梁的岩石之上。

记者郭延平、钱犁、谭昌明、侯长青、覃昌年当年合著的一篇通讯里说，这是黄会元坠入深谷之后，以袁孝恩为首的六个工友，"齐刷刷地脱掉上衣，手持平常点炮用的香，朝着黄会元摔下去的方向，一齐跪下。"说这一情景，刚好被在场的摄影记者抓拍下来。电视纪录片《惊天撼地下庄人》（万州移民开发区党工委宣传部摄制）谈及此事，说那是黄会元遇难两个多小时后，人们在四百多米的深谷中找到了黄会元的遗体，当遗体被抬出山谷，"鸡冠梁上的六位筑路山民，突然手持点炮的香烛，齐刷刷地跪倒在山岩上。"

这是一幅极具冲击力的画面。但"齐刷刷地脱掉上衣"，实在是个多余的动作。我问袁孝恩当年的情形，他没回答，只说："我后来得了脑溢血，幸亏路修好了，及时把我送到了县医院，如果没有这条路，我只有在屋里等死。"他现在走路需拄拐杖，是脑溢血留下的后遗症，但思路和言语都十分清晰。

或许，脱掉上衣下跪祈愿，是他们的风俗？

关于黄会元的死，也包括沈庆富的死，有不少的传说。

说沈庆富死的前夕，施工员杨元鼎突然感到心慌，像被抽了筋骨，全身乏力，有村民叫他去看工地，他也走不动，结果不一会儿，沈庆富就摔下了悬崖。说黄会元死的头天下午，记者给他拍照，怎么也照不出图像，只是一团黑影。

"尚巫"的遗风，还深深地融注于三峡民众的基因里。

对那些事，我可以存疑，但绝不否定。面对生命的神秘，我们都是无知者，也是探索者。更何况，以一村农民，以原始工具，在万仞绝壁，悬绳开路，本身就惊天撼地，本身就是在创造传说。

但我绝对相信的是，黄会元上午十点左右被巨石卷走，男男女女都正在工地上，他们顿时呆住了，不说话，不叫嚷，不惊呼，只屏住呼吸，凝然不动。

他们的眼睛，望着同一个方向。

那是黄会元奔赴的方向。

他们望不见黄会元。

只能望见乱石丛中的一点黄。

那是黄会元的安全帽。

头天，记者跟他交流时，他戴的正是这顶安全帽。

黄会元的遗体，是用他自己的毯子裹着抬回去的。

一床红毯子。

"他的脑髓被砸出来了，"毛相林说，"身体被摔得七零八落。"

是毛相林亲自去裹的，并和方四财等人抬着遗体，从沟里出来，再爬坡上坎。毛相林走在最前头。他必须走在前头，因为前头的人很可能挨骂，甚至挨打。黄会元的父亲黄益坤，时年七十二岁，在村里是个特殊人物，孤僻，古怪，全村人都怕他，当面叫他坤家伯或坤爷，背后都没好声口，尽量不惹他，都躲着他。虽然事先立了生死状，并经过举手表决、签字画押、赌咒发誓，但在一个不通商量、不讲道理的人面前，把生死状写在金帛上，也无非废纸一张。

"我确实是有些退缩了，"毛相林说，"一个多月时间，就死了两个人，死不起了，路不能再修了。"当时他抬着黄会元的遗体，想的就是这件事。

很快就到黄会元的家了。

孤儿寡母迎出来，号啕痛哭。

之后黄益坤迎出来。

他的儿子，刚满三十六岁，就死了。听到消息，黄益坤认为那不是真的。五十天前不是死过一个吗？古话说，飘风不终朝，骤雨不终日，这么短时间，咋又死人？老天爷就这么绝情？然而，他的眼里有了泪水。他站在院坝，遥望高处沉寂的工地，任泪水在脸上爬。生活的艰辛，岁月的沟壑，数十年少与人言的性格，共同塑造了他的脸。如果岩石也要生出密布的皱纹，那张脸便是一块老去的岩石。

整整半个时辰过去，他才离开院坝，进屋交代：

"叫人把给我准备的那口棺材抬出来，让会元睡……"

黄会元的遗体还在路上，棺材早已停在了院坝中央。

这时候，黄益坤正是绕过棺材，走到毛相林面前。

"坤爷！"毛相林叫一声。

死者还在肩上。毛相林等着挨骂挨打。

"毛相林……"黄益坤也叫一声。

毛相林等着。即使挨打，他觉得也该。孤儿寡母的哭声撕裂着他的心肺。"我不坚持修路，沈庆富和黄会元就不会死，他们的家庭就还是完整的家庭。"

毛相林心里正闪过这样的念头，耳光没见扇过来，却听见黄益坤说话：

"毛相林，你还去给我儿子收尸，我感谢你。"

"坤爷……"毛相林哽咽着又叫一声。

"你还亲自把我儿子抬回来，我感谢你。"

"坤爷……这是我该做的，坤爷……"

没有耳光。连责备也没有。

一老一少两个男人，这才哭。

在场的人都哭。

把儿子的遗体停放妥当，黄益坤进伙房里去，拿出两个煮熟的鸡蛋，递给方四财，说："方同志整天在工地上，和村民们一起忙，一起辛苦，吃两个鸡蛋补补身子。"

方四财望着坤爷，颤抖着双手，接过鸡蛋。

"快吃了吧。"黄益坤说。

方四财笨拙地剥开鸡蛋，塞进嘴里，喉头发哽，双泪直流。

又是全村出动，为黄会元办丧。

"我们这地方，闭塞苦寒，"丧礼上，黄益坤面向众人，"我们几十代人，走那个路，爬那个岩，累够了，苦够了，所以才修路。我儿黄会元在修路中死了，白发人送黑发人，我，这心里痛……但我还是，期望广大群众，再努一把力，再加一把火，等到有一天，我们的公路通了，我们下庄人，就摆脱贫困了。"

寂静。

在寂静里流泪。

在寂静里感念坤爷。

在寂静里重拾勇气和信心。

毛相林抬起头，望了一眼绝壁环绕的星空，用嘶哑的嗓音打破沉默："前不久，沈庆富献出了生命，今天黄会元又走了，这公路到底还修不修?"

话问得突兀。

回答他的是零星而迟疑的声音。

"赞成继续修路的，举手!"毛相林说，"请会计点一下人数。"

这回没有犹豫，手举过了头顶。

所有人。

有的举着两只手。是为沈庆富举的，为黄会元举的。

毛相林深受震动。

坤爷和全体村民，让他深受震动。

从那一刻，他知道了自己力量的源泉。

怎能不修呢? 已经死了两个人，不修，就对不起他们献出的生命; 不修，下庄村就永远没有前途。而且私钱洞和鸡冠梁都修过一段了，离村子越来越近了。

面对林立的手臂，毛相林高声表态："你们有决心，我比你们更有决心！"

安埋了黄会元，这群不怕死、死不怕的"亡命徒"，再次走向了工地。

队伍当中，又多了一个女人。

那是黄会元的妻子杨志慧。

飞翔之光

是年年底，《万州日报》再次发表长篇通讯，《三峡都市报》也推出系列报道"热血浇筑自强路"，紧接着，大型新闻图片展《下庄人》，亮相巫山与万州。

参观者十余万众——

冯克轩，巫山县高塘村农民，专程到巫山广场观展，边看边淌热泪。周玉波姐弟渴望读书的眼神，黄会元死前的言语及死后父亲的态度，让他几乎哭出声。他默默背过身去，用老年农民布满沧桑的手，摸出五十元钱，塞进捐款箱，并提笔写下："下庄人，农民的骄傲！"

冯克菊，万州丝厂下岗女工，观展毕，跑到百货公司，精心挑选了三十双解放鞋送来，并在包装箱上写下："献给英雄的下庄人。"落款是："一名普通的下岗女工"。那时候，她每月的生活费是九十五元。

万州幼师一名巫溪学生，把一元钱菜票，悄悄塞进捐款箱。

万州二中一位名叫珍珠的同学，先捐了一元钱，之后又借来一元五角，连同一条红领巾，神色庄严地塞进捐款箱。

仲代芹，万州财贸学校教师，到报社找到工作人员，表示"愿意到下庄终生从事教育事业，永不申请调走"，并留下电话号码，以便联系。

飞亚公司曾骑自行车重走长征路的"飞亚长征队员"，带上味精、鸡精和榨菜，直奔下庄，慰问修路的勇士。

万州军事部六十名指战员、五桥联合村委会党支部、万州移民开发区党工委领导等，纷纷捐款，并有多人题词，称下庄人是"三峡战神"。

三峡都市报社把陶中翠一家，接到万州参观、游玩，并让陶中翠的儿子周玉波、女儿周玉秀，与孙家书房小学学生结成对子；同时，孙家书房小学与下庄村小学结成姊妹校，并为下庄村小学捐赠图书近二百册。

原万州区罐头厂职工邓德培，彻夜难眠，写下有生以来第一首歌词《学习下庄好榜样》，重庆巴南区音协副主席曹秋圃为之谱曲。

时任重庆市委书记的贺国强，当时正在万州调研，某天早餐后，于万州索特宾馆大厅观展，神情肃穆，向记者询问下庄公路进展，把随行的市财政局副局长刘伟叫到跟前交代："小刘，从你那里先拿十万元，给下庄人民修路。"

……

以上资料，均来自侯长青当时所写新闻稿《下庄人，万州魂》。

该文结尾时写道："一个人的价值，要得到社会各界的认可，不是易事；一群人的价值，要得到认可就更难。然而下庄人用生命挑战悬崖，超越自我的悲壮，得到了社会的认可。因为时代呼唤这种精神。"

展出期间的众多题词，都说到"精神"这个词。

对这个词，或许各有解说，那些普通百姓是这样理解的：

"我现在下岗了，生活上确实困难，"冯克菊说，"但看了展览，才知道下庄人比我更苦。他们连死都不怕，我们还有什么困难不能克服？"

侯长栩也在文章里提到："有位下岗职工流着热泪说：我太不值价了，总想伸手要钱来生活，不思努力，常想闹事，与下庄人比，我恨不得钻进地缝里去。"

那位朝捐款箱塞进一元菜票、不愿透露姓名的巫溪学生说："因家庭贫穷，我现在读书也是好人资助的，下庄人更加坚定了我战胜困难的信心。"

万州柱山乡山田村党支部书记洪世权说："我的村也准备修路，由于有些具体困难，总是一拖再拖，怕这怕那。没想到下庄人为修路，连死都不怕，我还有什么困难战胜不了。"当即表态，回去立即组织，三五天内动工。

三峡学院外籍教师，来自美国的马基看了图片展，对记者说："这里的风景很美丽，这里的人民很勇敢，这个国家为有这种精神而自豪！"……

因为，精神是支撑，是骨头。

自强不息，又是其中的主心骨，是梦想飞升和走向光荣的起点。

个人、民族、国家，都如此。

时代发展到今天，世界出现百年未有之大变局，自主创新，自增动力，自强不息，成了时代对人、对民族和对国家的迫切要求。"科学无国界"只是愿景，且已沦落为口号，关键技术、核心技术，既要不来，也买不来，更讨不来。

必须靠自己！

所以，"天行健，君子以自强不息"。（《易经》）

所以，"自助者天助"。（赛缪尔·斯迈尔斯《自助论》）

但其中的艰辛是显而易见的，是必须要有下庄人那种不等不靠、不畏牺牲、百折不挠的精神的。

因此，2018年5月28日，习近平总书记出席中国科学院第十九次院士大会、中国工程院第十四次院士大会时，在讲话当中，才引用了屈原《离骚》里的名句："亦余心之所善兮，虽九死其犹未悔。"

也因此，全国脱贫攻坚总结表彰大会结束后，习总书记从毛相林身旁路过，才会对一个村支书微笑着说："毛相林，你辛苦了。"并勉励他"加油干，把下庄建设好，发展好"。合影时，又让毛相林坐在总书记和总理中间。

下庄时间

下庄村热闹起来了。

乡领导此前来过，现在来得更频繁了。

没过多久，县长王超来了，县委书记王定顺也来了。

王定顺书记去那天，正是黄会元牺牲之后，毛相林和方四财在村里忙事。工地上的袁孝恩，听说王书记到了天坑顶上，以为是因为死了人，而且五十天内就死两个，王书记定是来阻止修路。心里一急，袁孝恩便带着他的队伍，猿猴般攀援上去，恳求说："路才修了不到一半，就死了两个兄弟……但是下庄村要想摆脱贫困，这条路不修不行啊！"言毕扑通一声，跪在了书记面前。

王定顺怔了一下，连忙将他扶起，喉头哽咽，说："你们不怕困难，不怕牺牲，为子孙后代造福，了不起呀，下跪的该是我们……"

这情景被随行记者拍了下来。

多年以后谈起，袁孝恩说："我那时候胆子大，拿到现在，打死我我也不敢做那样的事了。"

但他也因此欣慰。那之前，这样缺那样缺，实在是"缺怕了，好几次就因为缺物资不得不停下来"。王书记来过后，"县里给了我们很多援助"，不仅拨钱，还送来了大米和鞋子。袁孝恩认为，自己的那一跪是起了作用的。

新闻图片《下庄人》展出后，宣传更密集，声势更盛大，除各方捐款，市县交通局、财政局等政府部门，也纷纷拨款。

在竹贤，在巫山，在万州，在重庆，进入了下庄时间。

下庄公路的步伐，也由此加快。

这里的"快"，不是指速度，在绝壁上抠路，想快也快不起来；这里的"快"是指：下庄人在公路修通之前，就看到了更加宽阔的蓝天。

但恰恰是这一点，特别引起我的警惕。

有时候，甚至是许多时候，我们咬紧牙关，要干一件事情，可突然之间，被关注，也被支援，这本是好事，却也因此懈怠了我们自身的意志，原本并不存在的等靠要的思想，在心田里滋长起来，越长越茂盛，以至于把等靠要当成一种理所当然。我们从愚公身上学到的，不是他自力更生的初心、叩石垦壤的毅力、水滴石穿的耐性、磨杵成针的坚韧、九转功成的信念，而是幻想某一天也像愚公那样，感动天帝，让他老人家派两个大力士来，帮我们把面前的困难背走。

事实证明，下庄人没有这样。

路，还靠他们自己修，也靠他们自己走。

重重雄关，也靠他们自己去征服。

采访当中，让我感到惊讶的是，2000 年过后，下庄人依然面临艰难的抉择：路，究竟是修，还是不修？

是因为，沈庆富和黄会元之后，工地上又接连死人。

一个。

两个。

三个。

……

"各种报道都说下庄人不怕死，用生命挑战悬崖，"方四财说，"作为下庄公路的指挥长和见证者，我不这样认为。人没有不怕死的。"

毛相林也坦言："死了人说不怕是假的。"

正因此，曾经出现过的低落情绪，再一次蔓延。

前一次是因为领头人毛相林的妹妹一家既不出工，也不给钱，这一次是因为死人死怕了。如果继续跟大山较劲，它会不会吞噬更多的生命？

村民受着煎熬，毛相林更受煎熬。毛相林除了问上面那句话，还要问：如果就此打住，下庄村不就又回到了原点？如果就此打住，怎么对得起死难的兄弟？又怎么对得起党和政府的支持以及社会各界的帮助？

正在这段时间里，村里发生了一件事：五个孩子误食了老鼠药。

村医杨亨华敢把断掉的指头"两节杵拢，纱布一捆"，就让它好，可他拿老鼠药没办法。他所能做的，就是不停地测量血压和心率，想办法让孩子呕吐。但这起不到根本性的作用。不能灌肠洗胃，也没有药。至少要有药。然而，阿托品、呋塞米、甘露醇……这些药物杨亨华那里都没有。下庄人寻短见，喝药的话，都是喝农药，很少吃老鼠药，而且自从开始修路，寻短见的事就没再发生过了。这是他们当时还没有注意到的现象。

要把孩子弄到山外去，看来已经来不及了。

"轻装上阵，派人去骡坪背药。"杨亨华说，"那时候鸡冠梁的路已经打通，往返节约了三四个钟头，结果五个娃儿全都救回来了，现在个个都结婚生子了。要是以前，早就完蛋了，到阎王那里上班都有二十年了！"

这件事，像暗夜里划燃的一根火柴。

五个孩子之所以能活，是因为有了那段路。

没有路，别说像黄会元讲的那样让子孙后代得到幸福，就是让他们顺利长大都成问题。

"下庄人为什么死了人还要接着上？"方四财说，"是因为没有办法。如果不修通那条路，会在今后的生产生活中死更多的人。"

这就是现实。

毛相林再一次召开村民大会。

"同志们，"他说，"为了孩子，为了下庄的未来，这路，必须修下去，无论付出什么代价！"他接着说，"担心、害怕、恐惧，都是正常的，但我们不能被这些东西打倒，不能成为懦夫！我们现在最大的敌人，已经不是悬崖绝壁，而是心里的恐惧，是恐惧把我们变成了懦夫，是恐惧让我们退缩——但是我们不能退缩！什么叫精神？分明害怕却不退缩，这就叫精神！"

听到这里，我说："你讲得好。"

毛相林老实承认："我是从一部电影里学来的，苏联的一部战争片，啥名字我忘了，但那几句话我忘不了，只是做了改头换面。"

坚硬的事实加上毛相林的鼓动，刺痛人也振奋人。于是，绝壁上又响起爆破声、锤击声和欢呼声。夜幕降临，岩洞里和窝棚里，又响起笑声、歌声和被蛇惊吓的尖叫声；清晨醒来，又看见山崖上摇曳的山花或被子上冰凉的白雪……

"有时候，我确实也感到身心疲惫，"毛相林说，"但只能让自己知道，绝不能挂到脸上来。村民们都看着我呢。"

他的衣服还是那么破，鞋子还是那么烂，而且手头越来越拮据了，那年县里举办国庆文艺晚会，他作为特邀代表前去参加，连盘缠也是借的。

受到关注的毛相林，还是以前的那个毛相林。他做到了不贪一两炸药、一根雷管、一寸导火线，也做到了凡事冲锋陷阵、奋勇当先，而且绝不中途抽梯。

2004年3月，下庄公路全线贯通。

纪念碑

从空间上解释下庄公路：鱼儿溪至下庄村，全长八公里。

从时间上解释下庄公路：1997—2004，历时七年。

七年当中，下庄村一百零八人参与修路。

七年当中，下庄人为修路献出了六条生命，他们是——

沈庆富：牺牲年龄，二十六岁；牺牲地点，鸡冠梁。

黄会元：牺牲年龄，三十六岁；牺牲地点，私钱洞。

刘从根：牺牲年龄，二十八岁；牺牲地点，大石柱。

向英雄：牺牲年龄，三十岁；牺牲地点，羊角垴反背。

刘广周：牺牲年龄，四十岁；牺牲地点，羊角垴反背。

吴文正：牺牲年龄，四十二岁；牺牲地点，樟树沟。

典　礼

车从绝壁天路上开下来，开得很慢，因为那还只是毛路，仅两米多宽，路外没有护栏，眼睛稍稍朝外一溜，就是万丈深谷，手稍稍一哆嗦，就车毁人亡。司机并不是下庄村人，是个做企业的，名叫陈大华。上路之前，想必他喝过葡萄糖定心。这是去下庄的外地人常见的做法。以前走人行道，胆子再大的外地人，也要喝葡萄糖。现在开着车去，比走人行道更恐怖。从人行道摔下去，还可能抓住树枝或藤蔓，还有一线生机，要是车子开下悬崖，就只剩唯一的可能。

所以，这个名叫陈大华的人，下庄人对他充满感激，是他，让他们七年的努力和牺牲，成为挂上树的第一枚果子。

毛相林领着村民，站在房前屋后，举头仰望，挥手致意。"真怪啊，"村民们说，"那东西你说是牛儿又不是牛儿，却能动。"他们大多没见过汽车。1999 年有一组数据显示，下庄村从未见过公路的一百六十人，从未见过汽车的二百一十人，从未乘过车的三百一十五人。此刻虽是2004年，情形会有所不同，但也没有大不同。

既不是牛儿，村民们说："肯定就是菩萨显灵。"

毛相林笑，说那不是菩萨显灵，那是机械，是科学家搞出来的。

村民们听了，还是疑惑，疑惑着点头，又疑惑着摇头。

车终于开下来，都跟着车撵，边撵边拍掌，边拍掌边看它究竟是怎样走的。

就这样撵到了学校。

竣工典礼就簇拥着汽车，在学校举行。

酒已备好，毛相林带着村干部，先斟六碗酒，泼洒于地，敬六位牺牲的勇士。接着再斟满，敬所有参与修路的村民。其间，七年来的风晨雨夕，在毛相林心里漫过，他鼻子发酸，但必须控制感情，不能流泪，不能哭，今天是大喜的日子，主题是庆祝，该高兴，他不能因为自己的一时冲动，把主题搞反了。他指着汽车，说："你们都看见了，这叫汽车，大家放心，我们下庄人今后也买得起汽车！"

然后，毛相林让从没见过车的老人依次坐上车去，从村子的这头开到那头。

开得很慢，全村男女老少，都跟着车走。

全村男女老少的脸上，都开着花。

车停下后，毛相林对大家说："修路是我们祖祖辈辈都巴望的事，今天，我们这辈人终于把路搞通了，我们对得起祖辈和儿孙，也对得起死去的兄弟们！"

说完，他终于抑制不住，哭了。

很多人都哭了。

典礼就这样结束。

但随着采访的深入，我发现，下庄人还有无形的典礼。

这无形的典礼比有形的典礼，盛大得多。

本就安宁祥和的下庄村，变得更加团结。在生与死的边界，你可能救过他，他也可能救过你。除前面提到过的沈庆富救人，还比如"大力士"杨亨华，也用他的力道救过人命，那是一块数十斤重的飞石，眼看就砸到人头上，杨亨华伸手一接，把石头托住，才免去了一场悲剧。

有些还结成拜把子兄弟。袁孝恩说，他就和毛相林、杨元鼎、杨元国、杨洪安、张从清、张从林等十二人"拜了把子"。这样做，不是拉帮结派，而是拧成一股绳修路，当然也有托付的意思，谁若不幸死了，家庭能有个照顾。结拜的当天晚上，他们摆上香烛发誓：无论遇到什么，都坚持把路修下去；不占集体一根火柴的便宜；凡事起模范带头作用。"我们是那样说的，也是那样做的。"袁孝恩说，"我们比一般村民多做了很多，但没有一个人计较。"

修路的过程中，某人家里有了急事，比如老人病了，孩子病了，包括像那五个误食老鼠药的孩子一样，出事故了，村里人就扯着嗓子，朝山上的工地呼喊。听见喊声，所有人都停下手，尖着耳朵听，听清了，就传话，从这个组传到那个组，直传进当事人的耳朵。这种传递不只是带信，还是共同分担。

彼此分担的情怀，一直延伸。修路时出现的重伤员，多年来受到村民的照顾，家里有了事，无论大事小事，都搭手帮忙。包括最先负伤的王先银，开始以为只是断了肋骨，几年后腰痛，去照片子，才发现那次把腰椎也摔骨裂了，再也干不了重活，从此，他家里一旦需要出力，村民都自发伸出援手。

这种情怀，在"井"口之外也如春水荡漾。黄会元死后，毛相林一面给他妻子杨志慧申请低保，一面联系人资助他三个子女读书。回应比想象得迅速：骡坪镇派出所领了大女儿，万州人胡潇潇和谢文同时予以资助，北京一位姓张的作家领了二女儿，万州日报社一位姓孙的记者领了小儿子。这只是一例。其实，新闻图片展期间的纷纷解囊，早就让下庄人感受到了众人划桨的力量。

整个重庆地区，处于盆地边缘，地壳强烈隆起，又强烈下陷，很难找到一块平地，尤其是渝东北、渝东南，山大坡陡，俗语说"看到屋，走得哭"，千百年来，民众出行之难，真是难于上青天。受了下庄精神的鼓舞，那两大地区，也相继不等不靠，只依靠自己的血脉筋骨，凿壁修路。2005年春，重庆十余车友自驾来到下庄，说自己在这里"找到了丢失的魂"。这种事随时发生。以前对他们修路报以嘲笑，并称他们是"亡命徒"的外村人……而今谈到下庄，都真心佩服，说："他们才活出了个人样！"

下庄人以他们自强自立、不屈不挠、负重前行的精神力量，感染着别人，也激励着自己。村里以前的安宁祥和，按他们自己的说法，是"井底之蛙"式的自我满足，而今的团结互助，却有了眼界和目标。正如毛相林所说，下庄人也能买得起车，路通几个月后，当真有人买了车，虽然只是个篷篷车。车主名叫马新朝。开车走在回村的路上，马新朝一点也不怕，因为，"这路是我自己修的"。

往后的日子里，每当下庄人遇到新的困难，就会说一句：

"修路都过来了，还有比那更苦更累的吗？"

如此等等，都是他们最隆重的典礼，也是最宝贵的财富。

链接：中国挂壁公路巡礼

所谓挂壁公路，是在悬崖绝壁和高峻大山上开凿出的奇险公路。

比如下庄公路。

挂壁公路一旦开凿成功，便是险境与美景并存，因此，今人谈及，多从旅游角度。风光固然很美，但开凿者的艰苦卓绝、精神内涵和背后的象征意义，却不应被忽略和消费。这里我随便选取几条，略述其艰困与悲壮。

一、南太行虹梯关挂壁公路

虹梯关是山西八大古关之一，地势险要。1968年，平顺县芣兰岩乡的八百村民，自带被褥，支扎帐篷，用钢钎、铁锤等原始工具，箪食壶浆，风餐露宿，奋战两年，在梯后村和虹梯关之间，从北山崖中挖出五个涵洞，劈掉七座山岭，填平三条大沟，开出十二公里长的崖中公路。

二、昆山挂壁公路

昆山村，深藏于太行山王莽岭，危崖直上直下。1992

年，于王莽岭北面开路。因山体为平面断层结构，不能实施爆破，便在山顶固上缆绳，吊至悬崖中部，先在山腰凿出可供作业的小洞，再向两头横向开凿。凿出的昆山隧洞长约三公里，为采光所需，开有一百五十六个石窗。洞内冷风呼啸，哨音贯耳。

三、穽底挂壁公路

穽底村，地处山西省平顺县，四面环山，如陷井底，因此得名。为爬出沟谷，穽底村百姓费时十五载，在山崖绝壁之上，打通了一条一千五百多米的公路，路面距山顶和沟底均超百米，路途中凿有四十九个天窗。

四、郭亮村挂壁公路

河南省辉县沙窑乡郭亮村，以前进出的路，是顺绝壁石缝凿出的一溜石窝，俗称"天梯"。1972年，村民在坚硬无比的红岩石壁上开路，平均作业高度一百零五米，投工六万个，清理石渣二点四万立方米，消耗钢钎十二吨，铁锤二千个。1977年完工。宽六米，高四米，长一千三百米，外侧凿三十五个天窗。1976年，日本名古屋电视台奔赴该村拍摄专题片，称其为"世界第九大奇迹"。

五、锡崖沟挂壁公路

山西陵川县东与河南交界处的锡崖沟，传说有仙人曾在此冶锡炼丹。群峰环列，自古无路。1962年秋，陵川县委书记骑马两天前往视察，在山顶盘旋，坐骑惊吓而死，只得用绳子吊给锡崖沟三千元钱，并在牛皮纸包上写上两个大字："修路!"自此，突击队身系大绳，悬于半空，半年后修成一条肩挑驴驮的"驴道"，村里把式赶着二十七头猪从"驴道"上山，走了一里，便摔死十三头。1976年、1979年又两次向大山宣战，均告失败。1982年再擂战鼓，党员干部组成敢死队，高喊"不见阎王不撒手，见了阎王抬起头"。历经三代人，苦战三十年，1991年终于完工。全长七点五公里。2009年入选"新中国六十大地标"。

六、回龙挂壁公路

地处河南省新乡市。昔日受大山困闭，崖上的五个自然村，穿行于既高且陡的"沿猴梯"。"沿猴梯"又称"老爷天梯"，足见其险峻与霸气。回龙村党支部书记张荣锁，带领村民，绳悬山腰，目测定位，并以塑料水管测定坡度，凿石开路。差不多与下庄公路同时动工，2002年完工。总长八公里，隧道千余米。隧道在山腹里转了个"S"形，出口刚好爬到另一面山脊。

也许很远或是昨天

在这里或在对岸

长路辗转离合悲欢

……

愿为险而战

跌入灰暗坠入深渊

沾满泥土的脸

没有神的光环

握紧手中的平凡

此心此生无憾

生命的火已点燃

（歌曲《只要平凡》，词：格格；曲：黄超）

下篇·

见

证

路和出路

"如果回到以前，再让我选择，"毛相林说，"我还是会选择修路。每次走在我修的路上，我都特别自豪，都感到自己这辈子没有白活。"

他当然有理由自豪。

然而，另一个现实摆在面前：下庄村的路通了，下庄村却还是穷。

不是一般的穷，是深度贫困村。

有了路，才会有出路；而有了路，并不是必然就有出路。

单靠苞谷、红苕、洋芋这"三大坨"，怎么也闯不出一条出路来。下庄村的家庭年收入，徘徊在二三百块，光是买油盐和肥料，这点钱也不够花，更别说送子女读书，也别说去山外买煤。修了路还是砍柴烧，山上就还是光秃秃的，因砍柴死人的事，也就有可能继续发生。

毛相林思索着这些事情。空闲下来，他独自去浸染着血汗的公路上行走，捡一捡滚落到路当中的石头，回想那七年的日日夜夜。如果说，历尽千辛万苦，付出巨大牺牲，抠出一条路来，这条路却不能成为致富路，就不仅失去了最根本的意义，还是刻在大山和人心上的伤疤。

他再一次想起了七星村，想起了七星村的洋房和冰箱……而给他们带来洋房和冰箱的，不是红苕洋芋，而是李子和油桃。

必须调整农业结构，发展产业，增加百姓收入。

也种李子和油桃吗？那太慢了。七星村都跑那么远了。如果那是一条马拉松，人家跑了大半程，你才刚刚起步，纵是神行太保，也追赶不及。毛相林听说，种漆树见效快，也很来钱：种下漆根，最多三年，即可割漆，一斤生漆能卖八十块，一棵树能割一到三斤，按平均二斤算，就能挣一百六十块，十棵，就是一千六百块，百棵呢，就是一万六千，千棵呢……这么算着，把毛相林自己算得兴奋起来，以至于夜不成寐。关键问题还在于，种李子和油桃要成本，种漆树不要成本，只需老百姓出些力，去山上挖来野漆树根，剁成节，冬天埋下，春天发芽。

那些日子，下庄人扛着锄头，去高山上寻觅，按支书说的，将挖来的漆树根剁节埋下，搞得热火朝天，短时间内，就种下两万余株。

那是 2006 年冬天的事。

冬天过去了，冰雪融化了，春风吹起了，漆树长苗了！

和漆树苗一起生长的，是野草，得把野草除去，保证幼苗有充足的营养，待苗子再长壮实些，就移栽至大田。

然而，草没除完，事情出来了。那家伙竟沾不得，一沾就过敏，痒得钻心。"每天都是黄皮肤出去，红皮肤回来。"彭仁松说。红过后就烂。这个的手烂了，那个的脚烂了，还有人脸上烂了。越痒越抠，越抠越烂。

那就戴上手套，脚也包起来，反应强烈的，把脸也遮住。

烂点肉实在算不了什么。修过了绝壁天路，下庄人的精神气质里，有了很不一样的东西。以前是承受，现在是改变。承受是一种力，改变却不仅是力，还是眼光，是与时代呼应的愿望。这种愿望，毛相林首先具有了，他去县党校参加培训，见了七星村村民的冰箱，就知道差距已经拉开，不变不行。七年过后，整个下庄人心里，既有了承受的韧性，也有了改变的心志，并且相信发生改变的可能性。因此，他们去村医杨亨华那里弄了药，涂在溃烂处，又接着干。

漆树苗长势良好，节节攀升。

然而，春天过去，它们突然失了元气。

移栽进大田没几天，就全死了。

为什么会这样，不知道。

毛相林也不知道。

将死树苗拔去，村民没说任何长短，但毛相林自己不好受。

翻年过去，也就是 2008 年，有天他去了骡坪镇，几天才回，随同他回来的，是几大捆桑树苗。他又想了一招：养蚕。桑树长了一年，就长到一米高，村里每块田都栽上了。到2009 年，毛相林带人去镇上拿回蚕种，编了笆篓，黑色的蚕种很快孵化为蚕虫，白白胖胖的，眨个眼睛就长了一截儿。笆篓上铺满翠绿的桑叶，蚕在桑叶间滚动，进食的声音如雨落旷野。当这些可爱的虫子由白变黄，就会抽丝成茧，就能拿到市场上，兑换成真金白银，买电视，买冰箱，买车。

下庄人见过车了，也见过电视了——那是 2000 年，即修路的第三年，重庆市电视台把一台电视机给了巫山，鉴于下庄人修路的事迹已报道出去，成了"三峡战神"，成了"英雄的下庄人"，巫山县广电局便将那台电视机送给了下庄，并到村委会帮忙安装调试。那是下庄村的盛大节日，修路的都放了假，回来看电视。连生下不久的婴儿也到了场。村委会挤不下，就骑到院外的树上去，尽管看不清，也听不清，可他们终于看上电视了！在这之前，下庄村的三百九十六人（1997 年是 398人，到 2000 年，少了沈庆富和黄会元），有三百六十人从未见过电视。

将近十年过去，电视见了，车也见了，绝大多数人却还没见过冰箱。

"冰箱、冰箱……"

这成了毛相林心里的结，也成了他心里的痛。好在很快就有蚕茧卖了！毛相林又开始算账，算出的结果，肯定有人家能买得起冰箱。

然而真正的结果却是：蚕子集体拉稀，接着集体死亡。

什么原因，不知道。

毛相林也不知道。

毛相林沮丧而又疲惫。主要是因为沮丧而疲惫。

两样事情，为什么其他村子能做成功，到下庄就失败了？

这时候，毛相林觉得，自己是不是太折腾？可要是不折腾，维持现状，又是一种怎样的现状？又怎么对得起村民七年的辛劳和六位勇士的流血牺牲？他想来想去，认为养羊总是可以的。他听说外村养羊，有一家就卖了两万块，这实在让人眼馋。下庄村以前就养羊，只不过是这家养一只，那家养一只，没形成规模，现在可以搞成规模。以前养羊，只要不杀、不卖，就能养到老死，不至于像那漆树和桑蚕，眼看丰收在即，却招呼都不打，莫名其妙地就死了。

于是又干起来了。由六七家，扩展到更多家，由各养几只，发展到十几只、几十只。可正是这时候，整个村子乱了。

没钱买饲料，又不能抽出那么多人手割羊草，因此不能圈养，只能敞养，于是庄稼就遭了殃。羊啥都吃，蔬菜、麦苗、洋芋苗、苞谷苗，见了就啃，特别是苞谷苗，一口一窝。谁家的庄稼被害，就扣下羊子，让主人赔。赔不起就吵，凶暴之声不绝于耳。安宁祥和、团结互助的下庄村，变得乌烟瘴气了，甚至比修路前都不如了。而争执的双方往往要闹到村委会，毛相林便成天处理纠纷，这和他出门打工前后的景象，又有什么区别？还比不上那时候呢！唯一的办法，就是让大家把羊都卖了。

这条路又断了。

路在那里，却找不到出路。

是原点还是起点

一个人，无论多么卑微，只要他在积极地生活，内心就必然藏着一种骄傲。我想起小时候在老家的镇上，一个理发匠，也要在店门贴上对联："虽是毫毛生意，却在顶上用功。"

下庄人的骄傲，是他们的田土能"落地成粮"，然而，这种骄傲感在修路之前就已经动摇。修路途中，他们被媒体宣传，被领导看望，让他们有了新的自豪，觉得自己与命运抗争的举动，得到了认可。正因此，沈庆富出殡那天，竹贤乡乡长和一位副书记，跟村民一道为死者送别，沈庆富的岳父刘恒玉才会拖着哭腔告知亡灵："庆富啊，连乡长都送你来了，你死得值呀！"特别是后来，又去了县长，去了县委书记，下庄人就更加觉得，自己这一生真是值得的。想想几百年下庄史，什么时候迎来过父母官？

他们没想到的是，路通了，工地拆了，山崖上不再放炮了，整个下庄村，便也跟着沉寂下来了。

那些曾经报道过他们的媒体，关心别的事情去了。曾经鼓励过他们的领导，或者退休了，或者调走了。曾经被他们的事迹感动得热泪盈眶的乡民和市民，有了新的处境、新的生活、新的琐琐碎碎和喜怒哀乐。

下庄村还是一口井。

因为没钱，除马新朝在通路之初买过一辆篷篷车，到2010 年，也再无下庄人买车，要在这"井"里来回走一趟，依然是"眼花头又闷"。

唯一的改变，是没有以前那么险。

这几乎就是那条路的全部意义了。

如果种漆树、养桑蚕和山羊，能迅速带来效益，他们修的那条路，会自然而然地焕发出光彩，可这些都失败了。路给予他们的，或者说路带给他们的暗示，仿佛是山外对天坑的拒绝：别处都能成功，到了下庄就失败。

下庄与外界，有了更深的落差。

这个落差是在心里。

下庄人面临着新的考验。

特别是毛相林。

"毛相林是个敢做事的人，最鲜明的特点是有个性，不屈服。"

这是方四财对毛相林的评价。那时候，方四财早已离开了下庄，但毫无疑问的是，在下庄的几年，是他人生中最不可能忘记的几年；跟毛相林的合作，也可能成为了他人生中最惊心动魄又精诚相守的合作。

"不屈服"的毛相林，又发动大家种苞谷种——不是用来吃的，是当种子用的。那东西价钱不菲，他认为是个好主意。然而，苞谷和苞谷种，完全不是一个种法，而下庄人世世代代只会种吃的那种苞谷，不会种当种子用的苞谷。

再次失败，就成为必然。

毛相林又发动大家种西瓜。为此，他专门去骡坪，买来十几个大西瓜，夜里把村民召集到学校，将西瓜放在课桌上，说："这些年，我去外面跑，夏天渴得不行的时候，会买牙西瓜吃。这东西又甜又清凉，比水解渴得多。今天你们先尝尝，看味道如何？不急，我保证每个人都有份儿。"

言毕，他用刀慢慢切，并递到每个人手里。

果然好吃！

"那我们就种，"毛相林说，"除了好吃，这家伙产量还高，钱家坝你们晓得嘛，他们就靠这个发了财！"

既然领头人这么说，那就种吧。

结果是：瓜子儿该发芽的时候，却大多沉睡不醒，轻手轻脚把土掀开，见黑黑的子儿都发了霉。尽管也有种得不错的，比如彭仁松，地里最大的一个西瓜，竟有三十斤，可那只是个别，是苍黑里的一豆油灯。

毛相林又发动大家种烤烟。

结果是：烤烟晒干之后，一捏就成一把灰。

他几乎愤怒了，又发动大家种芝麻。

芝麻以前就种，不存在种不出来。现在是要求多种。

结果又遭猴群抢劫。那些古怪精灵，人们开山修路，挤压了它们的生存空间，就更频繁地朝庄稼伸手。芝麻刚熟，甚至还没完全熟，猴王便带队溜下悬崖，望山猴（哨兵）站在树梢张望，见没人，即摇动树枝，猴群得令，扑进地里，扯起芝麻秆就朝一只猴狂打——是为把芝麻粒打在它身上。回山后，再找块平整岩石，捉住那满身芝麻的猴子，摔来摔去，芝麻粒便掉在了石面上。几夜下来，糟蹋殆尽。用穿破衣戴草帽的假人吓唬，它们不但不怕，还把草帽摘下来，戴在自己头上。敲铜锣也不怕，你在东边敲，它早到了西边。放猎狗也不怕，山岩之上，猎狗哪是它们的对手。

当然，种芝麻不成功，猴子并非真正的罪魁祸首。

那是需要大规模种植的低产量作物，一丘一田零星栽种，对下庄人饥饿的钱袋而言，最多也只算是杯水车薪。何况因为少，收购的人根本不会到你这里来，你拿到街上去卖，又有几个人需要？芝麻多用于榨油，用于做芝麻粉、芝麻丸，这些都靠厂家完成，家庭谁能做？他们想买，就去超市。

路通之后，毛相林曾经说："这只是我们的起点，我们要在这条路上，走出贫穷落后的深渊，走向幸福光明的未来，那才是我们的最终目的！"

可而今看来，这更像原点。

从某种意义上讲，还是在原点上的陷落。

毛相林做检讨

被人信任的毛支书，带领他们问天要路的毛支书，受到了深刻的质疑。

村民埋怨，说怪话，甚至说非常难听的话。

再难听，毛相林也只能听着。

那段时间，他走到别人家门口，主人黑着脸，不请他进屋坐。

这在乡村社会是极为罕见的。在世代和睦的下庄村，更罕见，更严重。

它证明你这个人相当地不受欢迎。

对此，毛相林也只能受着。

当他再次提出要"发展"什么的时候，村民直接就掉回去了："卖了婆娘还搭上枕头的事情，哪个干？"

毛相林看人几眼，脸红筋胀，说不出话来。

这在他是少有的，甚至就没有过。

他歇下来了，不再去东想西想了。

村子恢复了往日的宁静，却也是往日的贫穷。

他们要把日子过下去，出路依然是打工。下庄人源源不断地出门打工，并且有些人家还搬出了村子，去外地落户。袁孝恩说，他们修路时结拜的十二弟兄，竟也有两个带着全家搬走了，一个搬到了骡坪，一个搬到了县城。修那条路带来的结果，倒不是把外面的人引进来，而是把里面的人接出去。

"最后一代下庄人"的忧虑，变得越发烧心。

空下来，毛相林照样去公路上走，从高处俯瞰村庄，看见的是静默的土地，单调的庄稼，低矮的土墙房。多么好的地方啊，到了今天，却还是这副模样，还是被"三大坨"养育着，也被"三大坨"麻痹着，还是只知道活命，不知道生活。没有被麻痹也不想被麻痹的，就干脆离开家园，去别处谋生。

毛相林深知，并不是离开的下庄人不爱自己的家园，而是眼界宽了，见识广了，在和外面世界的对比当中，家园显得过于灰头土脸，才不得不离开。

只有跟上时代步伐，家园才既能安身，也能安心，也才真正叫家园。而这恰恰是他毛相林作为领头人应该担负的责任。媒体上早称他为"当代愚公"，如果不能完成那种责任，自己又"当代"在何处？难道也如传说中的愚公，单靠信念和决心就够了？事实证明不够，种漆树，养桑蚕、养羊子，培植苞谷种……他都有信念，也有决心，但都以失败告终。

每念及此，毛相林就很苦恼。

他的苦恼，老母亲看在眼里。有一天，母亲对他说："毛娃子，要做事就做事，要歇息就歇息，莫一天愁眉苦脸的。"

他"嗯"了一声。

母亲又说："当干部，就不能不做事。不做事的干部叫啥干部？你做事没错！"

听母亲这样讲，他心里宽舒了些。

"我那时候就想起，"毛相林对我们说，"老支书给我讲过一个名叫王衍的人，当了官不做事，只清谈，结果国家灭亡了，他也被人活埋了。"

但母亲只说一半。她接着说："做事没错，但不能蛮干。"

毛相林被戳了一针，戳到了他的痛处。

他的痛处在于：村民在质疑他，他也在质疑自己。

如今跟我们谈到那个话题，他脸上依然活跃着痛苦的表情。我们见状，故意激他，说：既然老百姓怀疑你，甚至恨你，骂怪话，朝你黑脸，不请你进屋坐，你让他们穷下去好了，还费心劳神干什么？你不觉得那帮人不值得？

毛相林分别看我们一眼，提高了声音："你们这完全是没有党性原则！老百姓为啥子选我当干部？我分明整错了，就听不得几句批评，见不得几张黑脸，就撂挑子甩担子，那我这个干部还当得合不合格？"

然后把声音降下来："不能只把话说得好听，要把事情做出来才行。你搞几样事都搞失败了，老百姓当然有怨言。投工投劳白投了，钱也白花了，还把田地占了，庄稼误了，对当干部的起反感，是很正常的。"

在毛相林身上，有一种自我审视、自我纠正、自我重建的品德和能力。他不仅探究自己的错处，还把他的错处告知百姓。修路之前就如此。那些年处理各种纠纷，尽管他努力把一碗水端平，可没理的一方总认为你没端平，于是无理取闹，张口骂人，甚至动手。做基层工作的难处在于，一旦起了争执，就很少有温文尔雅的时候，就很少听解释。挨了骂，毛相林是要还嘴的，挨了打，毛相林也是要还手的。只有抬着黄会元的遗体回去那次，他才觉得自己该挨骂，也该挨打，坤爷却没骂他，更没打他，还感谢他，让他反而更难过。平时，他不会输那口气。"别看我是个矮子，打起架来，一般人搞不过我。"骂了，打了，夜里睡在床上，他翻来覆去，想前因后果，自己的错，别人的错，都想一遍，次日一早，立即登门。那时候他就会遭遇黑脸，遭遇不请他进屋坐。

"你不请我，我还是要进去。先散烟，你接不接我不管，我先散过去再说话，我说你那样骂我，打我，给我点面子没有？好坏我是干部，不还你两下，都把我看扁了，我以后的工作咋做？然后我就讲，我哪句话说得过火，哪句话说得不对，怨不得你生气。这样一讲，对方气就消了，也理解你了。"

随着阅历的加深和经验的积累，毛相林早不是年轻时候的血气方刚。"家长制要不得，硬碰硬也不好，当干部的，要受得委屈，多些耐心。"

以前认错，他只是面对当事人，做个别沟通，现在发展产业，样样失败，弄得大家遭受损失，心里也烦，他便决定召开村民大会，当众检讨。

"错误在我，"他首先说，"我不该那样随便决策。我让大家吃了苦头，我对不起大家。"言毕，朝众人深深地鞠了一躬。

然后他分析失败的原因。

这是他思考和学习后得出的结论：漆树之所以死，是因为那属于低温植物，下庄村海拔只有二百米，是整个竹贤乡唯一的低山村，气温过高；烤烟成灰同样是这个道理，海拔低了，烟叶不能"回潮"。桑蚕之所以死，是因为雨天不能割桑叶喂，即使雨天割来桑叶，也须用生石灰消过毒才行。苞谷种之所以不成功，是因为苞谷种分父本母本，要多次人工授粉。"说一千道一万，"他诚恳地说，"还是我书读少了，文化浅，不懂科学，瞎指挥。你们说汽车是菩萨显灵的时候，我说那是科学家搞出来的，结果我自己不讲科学。"

说到这里，毛相林停顿下来，陷入回忆。不讲科学的沉痛后果，修路时就品尝过了。因为没有专业施工员，只靠杨元鼎那个"土专家"，杨元鼎站在那里指，说从这里修，从那里修，如此修到私钱洞，就出问题了：两个组相向而行，到某一点合龙，结果线路错误，没能合龙。没合龙只得重修。那可是在绝壁上，进一寸如同登天，却要重来。今天，站在私钱洞的公路边，还能看到十余米之下那段废弃于峭壁间的毛路，黑乎乎的，触目惊心。

但那时也没多想，错了，骂几声娘，毛相林又跟"土专家"一起，在石头上铺张纸，描一下图，重新定点，再次开干。终究也干出来了。

干出来的目的是什么？为什么要修路？

问题又回去了。

因此毛相林继续说："我们下庄村不能原地踏步，不能让那条路白修了，所以必须求发展；我们不仅要有自己的产业，还要有稳定的产业！但请大家放心，苦果不会一直吃，南墙不会一直撞，今后干啥事，我们要请专家论证后再下手。"

坠落的果子

方向有了。方向一直在。但又说不出具体的方向。下庄村究竟发展什么产业合适，毛相林很茫然。"空了我就去山外晃，也没晃出个名堂。"

但他明白了一个道理：不能只求快。

只求快，就等于慢，而且是消极的慢。

慢，也有积极和消极之分。

由此，我又想到云阳县的龙缸天坑。龙缸旁的山壁上，有图示介绍天坑的形成过程：地下水长期冲蚀，形成地下大厅，地下大厅坍塌，形成天坑。这里的"长期"，有个相对具体的数据："六千七百万年以来"。它以岁月的悠远绵长，静静地为我们揭示一种哲学：关于"慢"的哲学。积极的慢，不是论速度，而是指：不要急，更不要抢，把每个细节做到位，日久天长，自能成就卓越。

有了那种认识，毛相林便再次想到了七星村，想到了七星村漫山遍野的李子和油桃。

正当他准备去向专家请教，看下庄是否也适合种植，一件事让他改变了主意。

那年农历 2 月，他去奉节县吃"竹米酒"。男主人跟他是朋友，本是下庄村人，但在下庄娶不到老婆，就到奉节上门去了。

时令虽已入春，却格外寒冷，从下庄到巫山，再从巫山到奉节，一路上，满山黄栌树在寒风里颤抖，山底下的长江水，泛起冰冷的波纹。然而到了巫山，到了朋友的那个村子，却遍地果树，都是柑橘，是个新品种，名叫纽荷儿。这纽荷儿春天成熟，红红的果子灯笼般悬挂，盈盈喜气，照亮山寨。朋友告诉他，自己家种了二百根。毛相林心里的那根弦，始终是绷着的，忙问二百根柑橘一年能挣多少。朋友说："三四万。"毛相林听见自己胸腔里咯噔一声。三四万，天啦！那是下庄人年收入的多少倍？有了三四万，还愁买不起冰箱？接着他又默念，把柑橘跟李子和油桃比，发现前者的收入远大于后两者。

既然如此，何不种柑橘？

这些，他都没在脸上表露，他对朋友说："我出去转转。"

他是要去印证一下。

走入柑橘林，见到一个除草的老农，毛相林走过去递了烟，说老人家身体好哇，你这么好的柑橘，发财了。老农停下手中的活，感谢他的吉言，说我这树儿种密了，一亩种四十根合适，我种了六十根，通风差了，影响产量。毛相林问，你种了多少亩？老人说，五六亩。又问，一亩能挣多少？老人说，万把块。毛相林胸腔里又是咯噔一声。这次是把心定了。再问：成本要多少？老人说，四千的样子。这就是说，一亩地可净挣六千。在这片大山里，种啥能有这收入？

从奉节回来，天已黑透，毛相林通知班子成员，立即到他家开会。班子成员说，啥事恁急？明天开不行？毛相林说不行，现在就开。

他说的，就是奉节种柑橘的事。意思很明白，看能不能把柑橘引入下庄村。

班子成员有顾虑：这会不会又是一次竹篮打水？以前的多次失败，尽管村民把不满指向毛书记，但他们作为干部中的一员，也遭了白眼。

毛相林说，我们几个先统一认识，但不能拍脑袋蛮干，明天我就请专家来。

他的电话打到了县农业局。

2001 年，下庄村就有了台座机，是继那台电视机之后送给他们的。

毛相林的这个电话，直接打给了局长。

局长依然是朱崇轩。朱局长对下庄，可谓关怀备至，但自从修路不再缺物资，毛相林就再没找过他了。"他会不会觉得我这人忘恩负义？"毛相林这样担心。

但朱局长一听是下庄村的毛相林，非常热情，问现在生产怎样，生活怎样。毛相林顺水推舟，谈了自己的想法。朱局长表示支持，并把骡坪区农经站王站长的电话给了毛相林，说："王站长是搞农业科研的，科研有科研的一套，我不能直接给她讲，不然她会理解为行政命令。"他要毛相林自己联系王站长。

毛相林立即打电话给王站长。

怎样说话，他是懂的，他首先当然要抬出朱局长，说是"朱局长叫我跟你联系"，希望王站长能派技术员到下庄考察一下，看适不适合种柑橘。

王站长一口答应了，而且次日就亲自带人来了。

土质适合！

气候适合！

光照适合！

最适合的也是种纽荷儿。

王站长答应批给毛相林二百亩。

既然适合，毛相林想的就不是二百亩，而是五百亩。王站长说，这二百亩安排在老下庄。毛相林听了就急。那时候，老下庄已与上面一个村合并，成为一个大村，老下庄只有八十四户，现在是一百七十多户，都是下庄村的村民，都是他要负责和服务的对象，他不能厚此薄彼。

王站长说：上面种是可以种，但果子要稍微酸些。

毛相林想，酸些就酸些吧，总比啥都没有强。于是软磨硬泡。

王站长被他的执拗和诚心打动了，同意下来。

接着毛相林又争取政策：苗子由农经站提供。王站长也同意了。

好了，又可以开村民大会了。

村民一听，顿时炸锅。尽管毛相林做过检讨，特别是做检讨时鞠那一躬，让很多人感动，有人大声喊："毛书记，那不能全怪你，你也是为我们好！"——尽管如此，但真正又要实施项目，失败的苦涩便又泛上心头。

于是你一言我一语，质问毛相林："你自己掰起指拇算一算，你搞了多少事情？搞这样不成功，搞那样也不成功……"

这样的质问在毛相林的意料之中，但他还争取到一项政策：种一株苗，补贴十块钱。村民一听，一株十块，十株百块，百株千块，这倒也行，相当于打工。毛相林又说，你们要是怕，我自己先搞十亩。袁孝恩首先响应，且开口就是十二亩。于是会场活泛起来，有的五亩，有的一亩。终于，五百亩全部落实。

毛相林这才说，要种，就必须按规定，我们吃了不讲科学的亏，再不能在老地方栽跟头。技术员说了，种每株树，要挖八十公分宽，八十公分深，先打底肥，再种苗子。肥料也是上面发给我们。另外，要种就种成片，不要东几棵西几棵。你不搞成片，该挖的地不挖，我找人去挖，但种出的果树就不是你的了。

植物真是个好东西，它们生在天地之间，只要发了芽，蹿了苗，就一年一年地长高。但毛相林却不能丢心，时时提防着。他现在明白了，做任何事情，都有个理儿在，要让一棵果树结出好果子，须在技术员的指导下付出心血。

于是他又去请专家来。

幸好请了，果树需要打枝，而什么叫交叉枝，什么叫落地枝，又该怎样打枝，包括怎样拉枝、吊枝、抹芽、放梢……他根本不懂，老百姓更不懂。

然而，问题还是出了。

几年光阴过，柑橘终挂果。那果子真漂亮，青涩地隐于叶片之间。在毛相林眼里，那些果子就如同孩子，孩子一天天长大，一天天变得越发喜人。可他怎么也没想到，渐至黄熟时，却一个一个掉！将其掰开，见里面全是虫！

五雷轰顶。

技术员又被请来，说这叫蛆柑，是打药的时机掌握得不对。不仅要掌握打药的时机，还要疏果，还要到一定时候就上农家肥，而且要上够。

再一次绊倒在不懂科学、不懂技术的门槛底下。

但没有办法，只好全部摘去。

不仅要摘去，还要用塑料袋药剂闷杀。

看　见

"一年又白干了。"很长时间过去，毛相林的耳朵里都回响着这个声音。其间也夹杂着别的声音，近乎骂娘。其情其景，让他心情沉重。沉重的不是被骂，而是，他知道自己又面临新的挑战。跟人对骂对打的时代，修路之前就已过去，修路的七年，只是因为妹妹的事被暗地里抱怨过，其余时候，村民对他万分信服，他传下的话，都被尊重，被执行，他的威望因此青云直上，坚如磐石。他本以为，这将成为常态，一直伴随他，没想到毁于枯萎的漆树、死去的桑蚕、成灰的烟叶……他努力适应这种新变化，并做了自我检讨，却又陷落在蛆柑身上。

"我当时问自己，"毛相林对我们说，"我是要威望，还是要初心?"

这是他第二次提到"初心"这个词。

"如果只要威望,公路竣工后,我就急流勇退了。退一步说,即使后来做这样失败那样失败,我在任何一个地方停下来,也照样不会把自己掏空。"

但回望来路,他清晰地看见了自己真正想要的。

在他的成长过程中,除了老支书的培养,父母特别是母亲的教育,还遇到一些人、一些事,那些人和事,都长进了他的骨肉里。十六岁就当记分员和分配员的经历,对他是极其重要的磨炼。那个让人又怕又服的老队长,曾对他说过这样一段话:记分员和分配员的工作,看起来比较轻松,其实分量很重,这个事做得好,可以让社员团结一心,和睦相处;做得不好,必然扯皮打架,四分五裂。这当中没有窍门,它只有一扇门,就是公正。当你手中没有权的时候,你盼望的是公正,当你手中有了权,你就多想想自己没有权时最盼望的事。

"这些话就像秤砣,"毛相林说,"是用来定准星的。谁和我有人情往来,谁和我产生过矛盾,当我面对他们,老队长的话就成了一把尺子。"

后来,毛相林结婚了,生儿育女了,可生下的头胎女,就是先天性白内障,双眼完全失明。找赤脚医生没办法,用尽各种偏方没办法,到乡卫生院和骡坪区医院,都没办法。骡坪的医生告诉他：去县医院碰碰运气吧。

当年让他去县医院，就相当于让愚公搬走太行、王屋二山，就相当于在下庄村的天坑里修出绝壁天路。挡在他面前的大山和铜墙铁壁，就是钱。贷款不可能，借钱也不可能。女儿只能当一辈子瞎子了。

作为父亲的沮丧和痛苦，可想而知。

这时候，有人对他说：去县民政局试试看，说不定他们能帮你。

毛相林去了，把情况说给工作人员听。

"好了，你先回去。"这是对方说给他的唯一的话。

无非是一次挣扎，没有任何意义，他想。

然而，县民政局给竹贤乡去了电话，落实情况后，就让竹贤乡通知毛相林，说同意负责他女儿在县医院住院部的全部治疗费用。

"如果你也有一个双目失明的孩子，"毛相林说，"如果你也在走投无路的时候得到这样一个通知，你就能理解我当时的感受。我感谢党和政府，他们对我有大恩大德，不管我女儿能不能治好，他们让我看到了希望。也是那时候我明白了：让别人看到希望，是件多么美好和光荣的事情。"

毛相林领着女儿，住进了县城一家小旅馆，等待入院。其间，他找到一家开在天井里的饮食店，请店主帮忙煮两个鸡蛋给女儿吃。鸡蛋是他自己带去的。店主姓雷，五十余岁年纪。他很快给毛相林把鸡蛋煮好，毛相林问加工费，他摆了摆手。毛相林的那身破衣烂衫，那双只连着几股筋的胶鞋，还有揽在背上那个翻着白眼大约两岁的孩子，让雷老板心生怜悯。

或许是觉得雷老板和气，加上他的店面简陋，不压人，毛相林每天都带着女儿去那里吃。从家里带来的鸡蛋吃完了，就给女儿买包子，他自己吃面条。女儿每天吃三顿，他吃两顿，每顿二两。

有天中午，雷老板端给毛相林的，却不是面条，而是一盘炒猪头肉和一大碗米饭。毛相林吓住了，他没要这些。雷老板按按他的肩头："吃吧，不要钱。人都有遇到困难的时候。"毛相林是流着眼泪把饭吃完的。饭毕，雷老板又找来些孩子的衣服，给他女儿换上，同时拿来一双六成新的解放鞋，递给毛相林说："我看这码子合适，不嫌旧的话，你把脚上的换了吧。"

毛相林哭了。哭得热泪滚滚，止都止不住。

雷老板坐在他身边，说："一切都会过去的，会慢慢好起来的。"

这件事对毛相林的触动，沦肌浃髓。往后的日子里，无论遇到怎样的挫折，他都相信人心，相信善良，相信帮助别人既是人的愿望，也是人的修为。

通过医生的耐心治疗，女儿的一只眼睛奇迹般见到了光明，另一只效果差些，但对一个从没看见过太阳的人而言，还有什么比这更值得喜悦和庆贺的呢？当他背着女儿回到村里，全村轰动，也全村不信。分明天生是个瞎子，咋可能看见？

但是她当真能看见！

女儿的一双眼睛启发了他，让他知道了有些不可能其实是可能的。

女儿的一双眼睛也感染了他，让他见识了人心的珍贵，并立志用一生去回报。

再后来，毛相林的父亲去世了。那个饱受病痛折磨的人，终于走完了他痛苦、愤怒而正直的一生。父亲死在冬天，大雪盈野，又死得突然，啥都没准备。他一直那么病着，病成了习惯，家人也习惯以病人看他，哪想到他眼睛一闭死了呢？

若干年来，别人家遭遇丧事，都是毛相林去"当大家"，他自己家的丧事，却悲伤凝怀，力不从心。他只好对人说，麻烦去帮我砍些柴，回答是："毛书记你放心，我们弯刀都磨好了。"又对另外的人说，麻烦去帮我买些香烛纸钱，回答是："毛书记你放心，买香烛纸钱的人早出脚了，我们正要扎灵堂。"……

谈及此事，毛相林的眼里还闪烁着感激的泪光。

那些帮他最多的人，就包括捅他骂他的人。

"你为老百姓做了事，我们都记得。"他们说。

由此，毛相林不仅看见了自己，还变得越发坚定。"在我这方面，"他说，"老百姓记不记得不重要，重要的，是我要掏出自己的心。"

巡　田

天蒙蒙亮，下庄村的田间地头，就游动着一个瘦小的身影。如此景象，下庄人是那样熟悉。以前是个高大的身影，那是老支书。现在这个瘦小的身影，是毛相林。老支书几年前已经走了，弥留之际，他把毛相林叫到身边，说："下庄的路通了，你还要带领大家，把经济搞上去，让老百姓脱贫致富。"

"我对不起你老人家的嘱托……"毛相林说。这是在老支书的坟前。曙色里，他划燃火柴，先给老支书点燃一根烟，自己再点一根。

就在那头一天，柑橘园里的果子，全部摘掉，全部闷杀。

五百亩园子空了。

下庄村骤然间变得萧瑟。

晨风翻动着叶片，像在急切地寻找那些青黄相间突然消失的果子。

世间万物，关联有多么深，又有着多么动人的悲情。

柑橘不像芝麻和西瓜，芝麻和西瓜种不好，明年不种就是，柑橘却不行，好不容易长成树儿，好不容易挂了果子，出了问题，只能解决，不能拔去。持续不断的教训，让毛相林明白，问题并不是固定的，问题也在不断变化。你请来技术员，技术员看见了问题，再凭经验给你指出一些潜在的问题，可对那些变化了的问题，他既没看见，也不知道，等到问题出现，他又不在身边，于是你又在变化了的问题面前栽跟头。

想到这里，毛相林的脑子里炸出一道亮光：能不能培养自己的技术员？

能不能都要干。

必须要有自己的人才！

自力更生，自强不息，不只是适用于修路。

一个个村民从毛相林心里走过，他在选择，看谁是最好的人选。

"小罗成"杨绍明是个好苗子，可他去了外地，他曾经希望路通之后就能有钱让自己读书，结果只是一个梦想；好在对他来说，修路并没白干，一个纤纤弱弱的小伙子，在悬崖峭壁上摔打成了铮铮铁骨。另外就是王先银，这人脑子灵光，可惜已查出腰椎骨裂，不敢给他分派需要跑上跑下的活。

不过还有两位，毛连军和杨元位。

毛相林立即找到两人，说想让他们做技术员。两个小伙子高兴得很。在农村，技术员是很有脸面的工作，以前只有农委的人，农经站的人，才有资格做。

但技术员不是任命的，是学来的，要有真本事才行。

向农经站的技术员请教，是最便捷的路，可县乡都没办这样的培训班，没办培训班，人家就没有义务教你。而且各人吃各人的饭，他教会了你，他干什么？去奉节找毛相林的那个朋友，让他教，或者请他回到下庄来教，想必他都愿意，麻烦的是，那位朋友前些日家里出了事，一时半会儿走不开。再说，奉节太远了，事实上不必去那么远，在这段江岸，柑橘的招牌货不在别处，就在巫山，不在巫山的竹贤和骡坪，是在巫山的曲尺乡。曲尺乡的产品已行销全国。

那就在近处学，向招牌货学。

但那个问题会更加突出：人家为什么要教你？

教会了你，不就多了一个竞争对手？

这时候，毛相林又亮出了他的机智，说成狡猾也行。他叫毛连军和杨元位，加上他自己，拿出家里最好的衣服，没有，就找人借，都穿得体体面面的，打扮成跑生意的客商，到曲尺见机行事，刺探情报，偷师学艺。

"你这柑橘看起来乖，别里面包着虫哈。"毛相林这话一出口，对方就急了，从树上扯下一个，剥开了给三人看。毛相林又说：我去年到某某地方进货，就吃了大亏，他们也是这样给我看，看一个好一个，结果包装起来的就不行，有不少蛆柑。对方闻言，眼里横过骄傲，说："××哪能跟我们的比？我们……"下面的话，就是他们怎样管理，怎样防治，一步一步，讲得十分详细，以此表明，他们种出的柑橘，不仅不会出现蛆柑，还特别甜，特别绿色，特别营养。

这样跑了三次，成果丰硕，不仅知道了防虫，还知道了各样虫有各样虫的名字，各样虫有各样虫的防法。黑蚱蝉、蟠象、卷叶蛾、棉铃虫、烟青虫、大实蝇、蚧壳虫……还以为它们都叫"虫"呢，没想到虫跟人一样，也分这么多种族。由此也知道了，把他们害得丢盔弃甲全军覆没的，是大实蝇。识虫防虫之外，也知道了用肥，还顺便打探了销路。"学"成归来，只要毛相林有空，就跟两个年轻人一起，深入实地，给村民上"田间课""坝坝课"，再配合农经站专家的指导，毛相林坚信：明年，就在明年，一定能够扭亏为赢。

但他不敢大意，每天大清早，就去田间巡视。

他的身后，默默地跟着一条大白狗——不知是不是我们见到的那条狗？在果园里走上几步，他就停下来。狗也跟着停下来。他蹲下身，随便捡块石子或树枝，扒拉面上的枯叶，再翻翻树下的泥土。翻过了，把土盖上，又接着朝前走。狗已熟悉了程序，他盖土时，它就准备动步。但它并不先动步。它让他走前面。

然而这天，他没有盖土，就径直走向不远处的土墙房。

狗没明白过来，待他走到房前，它才跟上去。它比平时胖了一圈。这是个大雪天，小半个时辰，雪花就让"黄狗身上白，白狗身上肿"。

房主人周述生听见有人跺雪，开了门看，见是毛相林，忙请进屋坐。坐下后，毛相林说："俗话说，大雪飞，好攒肥，柑橘攒肥搞得咋样啊？"周述生递杯水过来，笑着说："才刚刚搞完。今天准备经管麦子，麦子也该追肥了。"毛相林点点头，问："麦子的肥料备起了？"周述生说："嗯，差不多。"

毛相林这才说："老周哇，我才看了你的柑橘，要求每株一斤二两的攒肥，你最多攒了六七两。肥料是农经站提供的，你也是领够了的，不该减。搞这个柑橘种植，不容易，本来眼看就变钱，结果绝了收，再不打个翻身仗，就搞不下去啦。一斤二两肥，那是柑橘的饭食，猪不吃饱不长膘，树不吃饱果不大呀。"

其实，毛相林在他柑橘园里刨土，周述生就从窗口看见了，他已经知道支书为什么找他。"我想着少攒点，"他抹了把脸说，"省些下来管麦子……"

"你的想法我晓得，"毛相林打断他，"受过苦日子熬煎的人，习惯了啥都省一点。但是这个肥料的分量，是专家实验了的，少了，结不出好果子。你的柑橘地宽，种了好几百棵，是我们的积极分子，要是你这里又荒了，看上去就是一大片，不仅影响你的收入，也影响大家的信心。如果你对柑橘还缺乏感情，你就把它们当猪来喂，喂饱了，一棵树多结几斤果，你算算，是不是要当一头大肥猪？"

周述生本来就有愧意，这时候挠挠头，说："是我想岔了。"

之后站起身，走进里屋，扛出满满一袋肥料。

"毛书记，我晓得你是专门来点醒我的。我就不留你坐，我这就去攒肥。"

"要得要得！"毛相林说。

第二天早上，当一人一狗再次来到周述生的园子，狗撒了泡尿，它掀土盖尿时，毛相林看见，树底下，亮出了密匝匝的一片白，那是补过的肥料。

正这时，远处传来一声招呼："毛书记。"毛相林应了，朝那边走过去，周述生迎着，说："我今天就能补完，明天再去镇上买小麦肥。"

丰收的样子

如周述生这般没给足肥料的，不止一人（其实是十成中占了六成）。此外还有不按规定购药的，不按比例配药的，不按要求打枝的。这给了毛相林很大的冲击。这样各搞各，良莠不齐，只要出一点差错，整个柑橘园就可能毁在那点差错手里，受害的是每家每户，比如虫子，在张家繁殖起来，会不断扩散和侵蚀，李家、王家……也就跟着成了虫子的家。到那时，再想摁下去，就来不及了。

于是，又一个想法从毛相林的脑子里蹦出来：成立专业合作社。

除毛连军、杨元位，再多培养几个技术骨干，从头至尾，不放过任何一个环节，对五百亩柑橘，一棵不漏地管护到位，那样才能得到真正的保证。

"虽说失败是成功之母，"毛相林说，"但这句话，不是为失败找理由。说到底，成功才是硬道理，也才是最终目标。再不成功，对不起一直支持我们的政府部门，也对不起这几年下庄百姓付出的辛苦。"

会议又在晚饭后的学校举行。在杨元鼎的记忆中，自搞经营以来，这是开得最顺利的一个会。"毛书记巡田，穿烂了几双鞋，把各种症结摸得一清二楚，你说你自己能搞好，不同意成立合作社，他马上给你指出来，你的哪块田、哪棵树，是怎样马虎的，怎样自欺欺人的，弄得你腔都开不起。"

事情定下来后，毛相林又朝山外跑了。

没去远处，就去了乡里。

当绝壁上的爆破声停歇，下庄村已沉寂了相当长的时间，然而，见到这个"三峡战神"的代表，乡领导（尽管已经换人）照样一眼就看出了他身上的硬度——敢于向天问路的人，到老，也有那股气象在。听了他的汇报，乡领导明白，他是想为合作社争取资金，便当即决定给二十万元。

当然不是拨款，是入股。并根据外地经验，帮忙为他制定了产业收益的分配比例：80%归农户，15%归村集体，5%归合作社。

万事俱备，只欠东风。

东风来了，柑橘开花了，满村庄弥漫着微辣的甜香。

这香味下庄人是闻到过的，他们不惊喜。

是不敢惊喜。

花谢了，挂果了。青涩的果子，眨眼间就满树满枝。

这景象下庄人是见到过的，他们不惊喜。

是不敢惊喜。

果子长大了。果子变黄了。下庄人的心悬起来了。

这天，毛相林又是大清早出门，走到一棵树下，摘下一个果子，在手里摩挲了好一阵，才下了决心，用指甲将皮破开，再使了劲儿掰开。

没有虫，全是肉！

晨光里，肉质泛白。他举到嘴边，舔了一下，又舔了一下。

那天，到晌午他也没回去吃早饭。他的舌头发麻。是被果肉酸得麻。

"酸得好！麻得好！"他自顾自地这样低叫着。

果子越黄越透了。下庄村的冬天，变成了金黄色的冬天。翻年过去，春风吹起，就该采摘，下庄人的这个年，也在期盼中成了金黄色的年。

然而，刚过正月十五，十六这天，毛相林打早出去，没回来吃早饭，也没回来吃午饭。晚霞从山崖坠落，片片飘入后溪河谷，河面波动着碎琼烂玉，他才进了村子。"这不算晚，"他说，"要是没有那条路，几天也回不来。"

他是到曲尺去了。以前偷师学艺的地方，他不好意思去，这次去的是曲尺乡大溪村。正好大溪村也是种的纽荷儿。回来的时候，他肩上扛着鼓鼓囊囊的一个麻布口袋，累得气喘吁吁，热汗直淌。在门口玩的孙女，以为爷爷买回了什么稀奇货，欢欢喜喜迎上去。结果，是一麻袋柑橘。

妻子王祥英生了气："一大早出门，我以为做啥子去了呢。家家户户都种起的，还专门去买，是你的钱多得用不完还是咋个？"

说到钱，毛相林也生了气。时至今日，母亲的七百块没还，妹妹的三千块也没还。但他没时间生气，抹了把汗水，就又拎着麻袋跨出了门槛。

他去找到了离家最近的杨元鼎，结果杨元亨、周述生都在那里摆龙门阵。"这正好。"毛相林说，把柑橘分给他们吃。吃过了，毛相林问："好不好吃？"都说好吃。毛相林这才说："这不是我家的，是我去曲尺买的。我这心里不踏实，想买来跟我们的比较一下。"事实上，在骡坪镇也能买到曲尺的柑橘，他之所以远赴曲尺大溪村，就是怕在外面买不到正品，使比较出了偏差。

正这时，杨元亨的儿媳走过来，听毛书记说到比较的话，忙去自家地里，摘来几个大的、黄的，递给长辈们尝。杨元鼎破开，各人掰了两瓣，凝神定气，细嚼慢咽。"嗯，"杨元鼎说，"好像跟曲尺的差不多呢。"杨元亨也嗯嗯两声，说："这果香，这甜度，我们下庄的，绝对卖得成钱啦！"

毛相林也是这样感觉的，但他没言声，拿半个杨元亨儿媳摘来的柑橘，再从袋子里摸一个柑橘，麻利地起身，下行一段路，进了袁孝恩的家。那时候，袁孝恩就已犯过脑溢血，因为有了路，不仅活过来一条命，还恢复得很不错。毛相林拉把椅子坐到他跟前，把半个柑橘递给他吃。同时，又把另一个柑橘掰开。袁孝恩说："我吃这半个就够了。"毛相林说："再吃半个。"

却不过毛相林的盛情，袁孝恩便接着吃。

他那脸上，完全没有异样的表情。

当毛相林告诉他，两样柑橘，这整个是曲尺的，那半个是

"我们的"，而他吃的时候，脸上没什么变化，证明曲尺的跟我们的即使有差别，也差别不大。

袁孝恩的眼睛湿润了。

他确实没吃出差别。

"大哥，终于盼到这一天了。"毛相林说。

当年的十二结拜弟兄，袁孝恩最年长。

这一年，下庄村的柑橘，卖出了二百多万元。那回潜入曲尺打探到的销路，帮了他们的忙，再按图索骥，顺势扩展，梳理出了自己的销售渠道。

民歌手彭仁松的嗓子又活泛了，站在天坑顶上，就能听见他的放声歌唱：

红苕只管肚子饱

柑橘能叫日子甜

但毛相林并没满足。有了柑橘这一稳定产业，他底气足了，一鼓作气，又增补了一百五十亩柑橘，并引进一百五十亩桃子和一百五十亩脆李。同时，他号召大家多种经营，在橘、桃、李树下，套种南瓜、西瓜、芝麻等传统经济作物。

下庄村的人均可支配收入，达一万二千六百七十元，是修路之前的四十余倍。

"群众"不是众人，是一个一个的人

下庄村终于有了冰箱！

回想这一路历程，为了冰箱，毛相林奋斗了将近二十年，因此在他那里，"冰箱"完全有资格成为超越现实之物，成为象征之物。

有冰箱之前，好些家庭已有了电视，有了洗衣机，车子也多起来，已有小车三十余辆，摩托车、农用车、三轮车若干。

下庄村的白天，阳光普照；下庄村的夜晚，灯火辉煌。

然而，毛相林这时候特别留心的，却是阳光和灯火照不见的角落。

他拿出本子，记下那些角落，然后挨个走访。

这年腊月二十六，他去了陈正香家。

陈正香，这个当年跟张国香、杨元炳、刘衍春、陶中翠、王仙翠等一起走上工地的女人，丈夫得了多年矽肺病，干不下活，还长年累月不能断药，欠下了大堆债务。人言债多不愁，那是因为，债多使人自我放弃，因此懒得愁。陈正香就如此。发动种植柑橘那阵，毛相林和几个村干部左劝右说，口水说干，她也不答应。她啥都不种，就种"三大坨"。到而今，眼看这个有钱了，那个发财了，她越发地心灰意冷，平日里不串门，见了人也不打招呼。腊八过后，家家置办年货，天天有人从城里购回吃的穿的玩的，村里到处笑语欢声，喜气洋洋，而陈正香家里，除了门轴响和病人的咳嗽，听不到别的响动。

这天，毛相林提了两箱牛奶，先去卧室看了病人，出来问陈正香："年节转身就到了，汤圆推了没得？豆腐推了没得？"陈正香懒心无肠地，说："要那些做啥子？穷人家的年，能吃口红苕洋芋，饿不死，就是福分了。"

毛相林找地方坐下来，说："哪个女人遇到你这种情况，都难……"

陈正香并没为这种理解动情，淡然地说："哪里黑就哪里歇吧。"

毛相林一时无语。

沉默了一会儿，他说："你年轻时候是多么要强的一个人啊。"

"说那些有啥用？老了，活不了几年了。"

"……你还记不记得？"

"记得啥？"

"我们修路的那些年。"

"哦。"她理一理头发，像很不愿说，但又说下去，"倒是记得些。那时候，我娃娃小，男人又病，我一个女人家当整劳力，跟你们男人一样，啥活都干。"

"就是嘛！"毛相林一拍大腿。

接着又问："你晓得工地上的男人背地里咋叫你？"

好奇心起来，浑嘟嘟的眼里有了光彩："咋叫？"

"疯婆娘！"毛相林哈哈笑，"有回你推石头下山，那石头太大了，不听话，袁大军他们几个都叫你到一边去，让他们来，你说老子就不信！两脚往石壁上一蹬，像斗牛那样使劲，挣得眼珠子都快蹦出来，硬是把石头推下去了。要不是后面的人逮住你，你怕是也跟着下去了。从那以后，就叫你疯婆娘。"

陈正香也笑："记得记得，那事记得。"

"虽说叫你疯婆娘，可没哪个男人不佩服你，不对你刮目相看。"

陈正香叹息一声："都过去了。"

"啥叫都过去了？"毛相林说，"那条路是我们一起修的，是我们一起苦过来、一起干出来的。拿出当年的劲头吧！你现在跟我一样，年纪大了，可是身体并没有垮，还可以做很多事情。你有病人要照顾，别的事做不了，多养几头猪行不行？多养些鸡子行不行？下庄多的是猪草，你的粮食也够，养猪并不难。鸡子就在院里散养，土鸡值钱，养起来也不麻烦。另外，你的两个儿子都大了，该让他们自己闯荡了，你不能把他们圈在家里，天天跟你种'三大坨'。等开了年，我想法给他们找个出路。这样，你慢慢就能还账了，日子就有希望了。"

陈正香没回话，眼里奔跑着希望，也奔跑着焦愁。"毛书记你晓得，"她说，"我也不是个懒人，实在是欠账太多，把我盖住了，就没精神了。两个娃娃本来早该结女人，可是哪个女人愿意跟着他们背时呢？他们也早想出去打工，可是我怕他们走了，我做不出田地，也照顾不好他们爸。"

"欠账怕啥？挣就是嘛！未必不挣那就不是账？"

毛相林等陈正香表态，没见表态，便又说："年轻人不出门见见世面，就没个眼界。你把他们留在家里，我看也没帮你多少忙，倒是惹了不少闲气恼。人大了，跟猫儿狗儿大了一样，不出去跑，就在家里乱刨乱抓，不恼气才怪。你恼气，他们也恼气。你让他们出去嘛，出去过后，兴许自己就能谈个女朋友，根本不要你淘神！他们走了，家里有困难，大家一起帮嘛。修路的苦都吃过来了，还有啥怕的？明天我给你送两只小猪儿来，再送你几十只鸡苗，到时候，我叫几个人帮你打整出两亩地，种上柑橘。你也莫犟，别人种柑橘的好处，你都看见了。"

陈正香眼睛一红。

"你看呢？你只需要点个头。"毛相林说。

陈正香没点头，只说了句话："我听你的。"

春节过后，毛相林托人，让陈正香的大儿子进了县城的鞋厂打工，小儿子进了县城的一家饭店当服务员。数月后，陈正香养的猪和鸡，也有了一笔不小的收入，是她从没见过的收入。

当又一个春节来临，陈正香提着两只土鸡，去给毛相林拜年。毛相林二话没说，拎着鸡，送到了杨亨双家里，称斤论两地卖给了他。近些年，时有外地游客来下庄村，杨亨双、杨元鼎、袁堂清他们三家，便开了农家乐。毛相林把卖得的钱硬塞给陈正香，说："农家乐正需要这东西。城里来的客人吃了我们的原生态土特产，回去说下庄的好，就会有更多的人来。你这是为宣传下庄做贡献！"

陈正香当然知道毛相林的脾气和为人，只是，没有毛书记的鼓励和帮助，就没有她的今天，何况毛书记还隔三差五给她家送牛奶去，看她家那个病人。

念及这些，陈正香双眼模糊。

默然片刻，她说："书记，我还有件事情，想得到村里批准。"

毛相林等着她说。

"我想加入刘时琼的队伍。"

毛相林双手一拍："果然不愧是当年修路的！"

刘时琼家也是因病致贫，且不像陈正香那样有成年的孩子，按政策，为她评了低保。她发奋图强，大种柑橘，只两年时间，条件好了，便主动申请退出低保，并写了入党申请书。稍有空闲，就领着几个女人，义务去为村里的孤寡老人洗衣服，晒被子，扎鞋垫，做吃的。

现在，她的队伍里又多了个陈正香。

那年，陈正香得了村里的"三八红旗手"。

彭仁松，这个总是两眼放光、脸上带笑的人，这个动不动就唱歌的人，生活的难，心里的苦，毛相林都惦记着。

修路之前，彭仁松和老婆一起外出打工，老婆见了"井"口之外的世界，再不敢回想"井"里的日子，更害怕回到"井"里面去，就扔下丈夫和三个儿子，跟一个货车司机跑了。那时候，小儿子才八个月大。彭仁松当爹又当娘，还要在建筑工地挣钱，终究没能把小儿子养成人。后来，他弟弟去信，说要修路，他便回到村里，加入了筑路队伍，并为大家带来了很多欢乐，缓解了很多压力。

村里决定搞产业，彭仁松像修路时一样积极，但有病弱的老母，还要供两个儿子读书，手头紧得慌。毛相林便对他说："我帮你在附近找点活路做，这样既可以挣钱，又可以照顾家庭，几头不耽误。"

后来，彭仁松的房子透风漏雨，被鉴定为D级危房，要改建，却没资金，就准备将就算了，"毛书记一拍胸脯，说：'危房不住人，人不住危房。新房子你尽管修，买材料差钱，你就到骡坪镇李老板那里记账，我为你担保，以后慢慢还。这样也好让你老母亲早些住进新房享福嘛！'。"彭仁松建房期间，毛相林不仅跑前跑后为他争取补贴，还亲自去帮忙平整地基和砌墙盖瓦。

村里的困难户，毛相林就这样一个一个地走访，一件一件地解决他们生活上的难处。对五保户张胜生等人，格外照顾，将他们安置在一栋三层楼房里，集中居住，集中照管。修路时六位牺牲者的家庭，毛相林经常去，春节期间更是必去拜年。黄会元的三个子女读大学走了，妻子杨志慧也不住在村里了，毛相林的电话也会打过去，枝枝叶叶地过问他们的日子。

呼　唤

2016年，下庄村整村脱贫，成为巫山县第一个脱贫的贫困村。

那时候，下庄村的柑橘还没上市。

因此在脱贫问题上，下庄村这个"巫山县第一"，有其特殊的背景。

这背景就是"精准扶贫"。

扶贫，既要扶智，也要扶志，而许多时候，志不立，智不生。在精准扶贫初期，全国多地反映，有人争当贫困户，也有人觉得扶贫是政府的事，自己坐在墙根下晒太阳，等着政府来"扶"，扶得站起来，手一松，又坐下去。我曾去甘肃临夏，四川渠县、凉山等多地采访，并在达州宣汉县、雅安芦山县长达两年深入生活，帮扶干部给我讲起某些事，令人啼笑皆非，又骇然心悸。

比如本在城里做生意，买了门面和小车，却赶回老家，要当贫困户，说你戴着金耳环，还当啥贫困户？啪一声，自己将耳环扯掉，说我现在没有金耳环了，可以当了！那耳朵滴着血，她竟也不嫌痛。有个从省妇联派驻的第一书记，结婚不满半月就下了村，有天突降暴雨，她带领干部，迅速去某贫困户家察看，见水已漫进屋，她浑身透湿，却顾不得，一脚跨进去，抓了瓢啊盆的，朝外舀水，又命人找来木杠，把房屋隐患处撑住，可这家主人却袖手旁观。她见不惯，说："上回就叫把阳沟淘深些，你为什么不淘？你就不能也动一下？"回答她的是："凭你这态度，上面的来调查满意度，休想我说你半句好话！"果然就说了她不尽责。事过多日，跟我谈起这事，那第一书记还流下伤心的眼泪。

我们穿靴子，如果自己不使力，别人再帮忙，也很难穿上；自己使力，很容易就能穿得妥帖。政府只是提供条件，解决个人无力解决的难题，要从根本上脱贫，特别是要保持脱贫的成果，最终还得靠自己的愿望、决心和行动，即内生动力。你若盛开，清风自来，懒得盛开，自然就感受不到清风。

我曾专门采访过那些"坐在墙根晒太阳"的人，问他们是什么想法，他们说："以前，干部作威作福，现在有习总书记为我们撑腰，我们不怕，也要让作威作福的人吃吃苦头。"这倒也给我提供了另一种思考路径。但我同时告诉他们，习总书记早在2015年初，就指出"最大限度调动当地群众的积极性，变要我发展为我要发展"。之后又多次强调扶贫先扶志，说"如果扶贫不扶志，扶贫的目的就难以达到，即使一度脱贫，也可能会再度返贫"。

他们反映的现象，当然不能否认，的确在某些地方存在，而且自古存在，因此《韩非子》才说，治国的核心在于治吏。再进一步，治国就是治吏。吏治清明，天下归心，反之则国祚衰微，民生凋敝。鉴于此，中央才印发了《干部选拔任用工作监督检查和责任追究办法》，要求全面落实从严治党，从严管干，习总书记也才反复强调"打铁还需自硬"的"为官准则"。

但另一个事实是，自从实施精准扶贫以来，扶贫干部勇于牺牲、无私奉献的动人故事，真是车载斗量。我把那些故事讲给"坐墙根"的人听，他们也承认。

然而，"等靠要"的思想和行为，依然时时曝光。不仅要，还要得理直气壮。比如我老家县里的一个贫困户，怒斥扶贫干部："我现在有房住，有饭吃，有衣穿，但是还差个婆娘，你们要负责给我整个婆娘来！"

愚公移山、自立自强的精神到哪里去了？

人们在呼唤。

社会各界在呼唤。

而这时候，远在万山丛中的巫山县，有个人拿出了一块石头。这个人名叫王超，修下庄公路期间，他任巫山县县长，不知你是否还记得，黄会元牺牲后，他和县委书记王定顺，都到过下庄的工地现场。王超手里的那块石头，就是他从工地上捡回去的，开始放在办公桌上，退休后又拿回家里。"这块石头一直跟着我，一直激励着我。"王超说，"这不是一块普通的石头，它凝结着一种精神。在脱贫攻坚的关键时期，这种精神十分宝贵，应该传承！"

巫山县的另一个人，方四财，2002年离开下庄后，先后调任四个乡镇和部门，无论走到哪里，都给身边人讲下庄的故事。现在，他讲得更加频繁了。

"重走下庄路"

时势造英雄，英雄也创造着时势。正是在脱贫攻坚遭遇重重堡垒，需上下同心、砥砺前行的背景下，下庄人"勤劳勇敢、艰苦奋斗、坚守初心、自强不息"修出绝壁天路，其事迹，其精神，就焕发出翡翠般的时代光芒。毛相林作为领头人，是"下庄精神"的代表。做任何一件事，特别是爬坡上坎需要再上把劲，还差一口气需要再努把力，得有个像这样的榜样和先锋。中华民族需要英雄，也不缺英雄，毛相林和他的父老乡亲，正是我们应该认识和学习的英雄。这不仅关涉脱贫攻坚，也关涉正进行着脱贫攻坚的伟大工程，因而就显得恰逢其时。

巫山县敏锐地察觉到这一点，2015年，县委宣传部在部长柴承刚的带领下，主办了"重走下庄路，重谱自强歌，重温下庄精神，再鼓扶贫干劲"活动。新华社及重庆众多媒体记者随行。路修成已历十一载，但只要进入鱼儿溪，下行至私钱洞、鸡冠梁……当年的隆隆爆破声，钢钎捣石声，大锤敲击声，号子声，说话声，欢笑声，英雄殒命时悲怆的呼喊声，以及那些短暂的沉默、揪心的寂静、炽烈的阳光、冰封的大地和荒凉的野风，就在天坑的低处和高处，倏然复活。

说复活不准确。王超、方四财……他们已经证明，那声音一直在，只是散落各处，被暗自珍藏。下庄公路从没有沉寂，那些英雄也没有死去，这里的山石和云彩，都记录着那段峥嵘岁月，并树起一座生命和精神的丰碑。

下庄人不要丰碑，那曲曲弯弯的八公里路，就是他们的丰碑。

对这样一群人，除了敬意还是敬意。

对这样一群人，没有理由不帮助他们改变处境。

"重走下庄路"的领导和记者发现，2015年的下庄村，除了有条路，贫困依旧。于是县长曹邦兴亲自到下庄办公，并带来农业局、扶贫办、旅发委、环保局等八大部门负责人。听取老百姓的意见后，曹县长点兵点将，让各部门分头负责，该建的建，该修的修，该完善的完善。

毛相林便又带领村民，在各级政府的支持下，经十个月奋战，把一条两米多宽的机耕道，变成了三米多宽的碎石路，进而拓宽至四点五米，全部硬化并加装护栏，且修了三公里人行便道。村民参与各项工程，按劳取酬，到年底，全村领取劳务费达百余万元，加上外出务工人员挣回的二百多万，下庄村顺利脱贫。

毛相林告诉我们，脱贫是件大喜事。数百年来，下庄人生于贫困而不自知，后来知道了，也付出了努力，但如果没有党和政府的支持，没有社会各界的帮助，他们脱贫的路还要走上两年。

整个采访过程中，毛相林等村干部，包括村小教师张泽燕和众多村民，说自己的时候少，说得多的，是来自天坑外的援手。

张泽燕说，湖北宜昌有个好心人，名叫修泽华，十年前就来下庄，并且每年来，直到去年疫情才没来，每次来都资助学生，还送来衣裤鞋袜。又有个叫吴烨的，给学校装了热水器，装好那天，学生都去洗了个热水澡，"高兴得直跳"。

修泽华早让张老师带学生去宜昌体验一下，所有费用由他出，但张老师思虑再三，没去，跟学生家长商量，也都说不去。是怕白花人家的钱。再说，去了，总要带点像样的礼物，但当时的下庄，除了"三大坨"，还有什么礼物？而"三大坨"又哪能叫礼物？我们说：你让学生去见见世面，将来有了出息，回报社会，不是更好的礼物？对此，张泽燕同意，但沉思片刻，又说："我们欠人家的呀！他每次来，我们唯一能报答他的，就是他离开的时候，学生戴着红领巾欢送他，手里还拿着红领巾挥舞，他就感动得泪流满面。"

知恩图报，哪怕无以为报。有能力报答，就绝对心手合一。比如黄会元的子女，现在都已大学毕业，有了很好的工作，对帮助过自己的叔叔阿姨，不仅常常打电话问候，有机会就登门拜望，还寄钱去，让叔叔阿姨零花。

下庄人在物质上曾经很贫穷，但精神财富取之不尽。在他们的鼓舞下，除了渝东南、渝东北，还有重庆开州双坪村、秀山县楠木村、铜梁县中山村，都自发凿壁开路。"巫山七百里，巴水三回曲。笛声下复高，猿啼断还续。"梁武帝的这首诗，虽着笔巫山，实则是对重庆地区乃至四川地区的描述。诗里，冷冽、高远和苍茫都有了，就是没有路，因此，路成为世代渴望，并由此成为观念。

不仅重庆地区，全国各地给毛相林来电话，都因为受到了鼓舞。

但越是这时候，毛相林越是谦虚谨慎，有时候还疑惑。他问我："你说我毛相林做了啥事情，能得到总书记亲自为我颁奖的崇高荣誉？我们下庄人做了啥事情，值得受到那么多关注，你也大老远跑来采访？"

这种自我审视和永不自满，成为"下庄精神"的另一层面。

下庄人事迹陈列室

雨一直下个不停，到后半夜，毛相林才枕着雨声入睡。

他刚闭上眼睛，屋子里就有了熹微的亮光，亮光里站着一个人，微笑着盯住他。见他半天不醒，便轻声呼唤："毛矮子。"

毛相林吃了一惊。在下庄，"毛矮子"是他用于自称的，别人不这样叫。

可是不对，还有个人这样叫他。

这个人爱和他开玩笑。不过他很醒事，正式场合，比如开会的时候，谈工作的时候，都叫毛书记，扯闲篇，说笑话，才叫毛矮子。

毛相林说："你这家伙，又有啥事嘛，我现在可没时间跟你闹。"

那人说："我晓得你忙……我是怕你把我忘了，莫忘了我哟。"

说罢隐去。

毛相林伸手抓他，可无痕无迹。着急起来，便大声呼喊："沈庆富！"

这一喊，把自己喊醒了。

屋子里漆黑。

雨声依然响亮，毛相林的泪水静静流淌。

天亮后，他去了镇上，又乘班车进了城，找到县领导。

"这件事我如果不完成，"他说，"我死也不能瞑目。"

领导听他说得这般严重，叫他别急，慢慢说。

毛相林红了眼眶，讲了昨夜的梦。

其实那不只是梦，是他想了几年的事。

"下庄村脱贫了，"他说，"感谢党和政府的关怀。但我心里有件事，一直搁不下，也总让我高兴不起来。1999年、2000年，下庄公路正修建的时候，乡里、县里和万州区，掀起过学习下庄精神的热潮，现今再一次掀起这股热潮，让我和下庄人都享受称赞和荣誉，可是那些死去的兄弟呢？我们能记住他们，我们的下一代呢？子子孙孙呢？他们还能记住吗？所以，我想在下庄找个地方，把当年修路的工具，记者拍下的照片，特别是牺牲的那几个人，都……"

领导明白了，说："老毛啊，没想到你是这心病。其实这个事呢，县里已经在策划中，打算在下庄建个陈列室，我们算是想到一块儿去了。建陈列室的目的，一是记住英雄，另一方面是教育子孙，非常有意义。这样吧，你现在就回去，在村里选址征地。钱的事你不用担心。我们共同努力，尽快把陈列室建好。"

回程的路上，毛相林已经把地址想好。

晚饭桌上，他对母亲和妻子说："我跟你们商量个事。村里要建个陈列室，我把空地都想了一遍，觉得就我们准备建新房的位置最好。"

王祥英一听，把碗筷放下了。

这么多年，她默默支持丈夫的工作，但建新房是家里的大事。最近两年，全村进行房屋改造，土坯房决定只留下王仙翠和另一家的两间，是作为实景留存，其余全都建成宽敞亮堂的水泥楼房。许多人家已经完工，没完工的也即将完工，但她王祥英家里，至今未动。去年就要修的，地基都平整好了，可村里要建文化广场，丈夫说把他们家的地基让出来，以后再找地方，她虽然难过，还是让了。今年选好地，光挖土就挖了十多天，平地基又是十多天，现在只等着砌砖了，又要让？

"我不同意！"她说。

饭桌上空气凝固。过一会儿，母亲说："依我看，陈列室还是另外去寻块地吧，横竖是政府征地，是全村人的事，大家也不会有意见。"

"妈，"毛相林面对着母亲，"你咋也是这话？建陈列室比我私人建房重要多了，是为了让后人记住那几个牺牲的人，记住下庄精神。正因为我们那块地平整好了，能缩短工期，陈列室才能尽快建成。"

说了这些话，毛相林自己感到心痛。他鼓励彭仁松建新房的时候，说早些建起来，好让老母亲早些享福，可是他自己的老母亲呢？

母亲也心痛，却不是为自己，而是为儿媳。自从嫁到她家来，儿媳拖着个病身子，从早到晚操劳。嫁了这么个丈夫，不操劳也不行，可还要处处吃亏。

她没有言语，只望着儿媳。

王祥英知道母亲怜惜她，心里已得到满足，加上她太清楚丈夫的脾气了，说"不同意"，只是表达她的意见，意见表达了，还是得照办。

可是她怎么也没想到，陈列室还在建设中，她家新选的宅基地又才平整出来，村里要建卫生所——以前没有卫生所，看病都是去杨亨华家里，相当于私人诊所，不规范，也不方便——又要她让出来。

这次，王祥英怄气，几天不跟毛相林说话。

一怄气，病犯了，躺在床上起不来了。

毛相林知道，妻子这回，主要是心病，心病还需心药治。他坐到妻子床前，对她说："我长期忙村里的事，照顾不到家庭，家里都靠你跟妈两个，你身体不好，成天操劳不说，还为我分忧，这些我都晓得，我感谢你。可是你也知道，这些年来，下庄村莫名其妙地死了多少人？杨亨华那里，该有的药没有，能救的人救不下，能怪他吗？他一个赤脚医生，啥事都是自己承担，进哪种药，不进哪种药，还不是根据他自己的经济条件。卫生所建起来就不一样了，进药规范了，药品种类多了，卫生环境也能得到保障。人吃五谷杂粮，不可能不生病，生了病就要治，建个卫生所，是对大家都有好处的事情。"

王祥英回想着村里曾经发生的那些惨痛事，不言声。

毛相林进一步说："要说付出，也不只是我们一家在付出。比如杨亨华，你晓得他在骡坪镇是买了房子的，早就准备到镇上去开诊所，可是考虑到下庄村只有他一个人懂医，他走了，大家生个病咋办？这么一想，他就留下来了，还给我表态'一辈子为下庄人看病'。他哥哥为修路，腰杆砸断，落下终身残疾。更不要说沈庆富、黄会元他们，直接就死了。至少，我们人还是好好的嘛。"

王祥英听罢，从床上起来了。

2019年，下庄人事迹陈列室落成。

陈列室占地面积二百一十平方米，建筑面积四百三十七平方米。室外塑有大型浮雕：一群人双目怒睁，抡圆胳膊，劈山开路。室内设多功能报告厅、情景还原展示区、实物展示区，分为"坐井苦熬、凿井战天、筑井群英、拓井攻坚、抚井追梦"等几个单元。修路时用过的钢钎、大锤、錾子、锄头、扁担、蓑衣、草鞋等物，是毛相林挨家挨户收集来的，另有雕塑十二座，记者当年拍摄的现场图片五十余幅，并做了放大处理。六位牺牲者的名字，勒石成碑，陈列于显要位置。

毛老师

下庄人事迹陈列室建成后，参观者与日俱增，从竹贤到巫山，从巫山到奉节、巫溪、重庆乃至全国，每天接待观众数百人。2020年7月1日纳入巫山县党员干部教育基地名录后，县纪委等部门、单位的党员干部，都奔赴下庄，开展"走下庄天路，学楷模精神"党性教育现场教学暨主题党日活动，在陈列室里，观看纪录片《筑梦天路》，重温入党誓词，回溯下庄精神的形成过程，感受下庄精神的时代光辉，进一步坚定理想信念，进一步增强责任意识和使命担当。

但第一批参观者，是下庄村小学的学生。

带领他们的，除了张老师，还有毛老师。

在下庄，对毛相林的称谓，除了毛支书、老毛、毛矮子等，还有一个，就是毛老师。几十年来，凡在下庄村小学读过书的，都这样叫他。是因为，每学期的期中、期末考试，毛相林都亲自去学校监考，平时还不定期给学生上政治课，每学期的开学典礼上，更是必定要去讲"第一课"。

陈列室里还散发着木头香和石灰味儿的混合气息，张老师就带着学生来了。毛老师等在那里。学生在室外列队站好，唱少先队队歌，然后列队而入。毛老师结合展品，以他特有的、劲头十足的嗓音，给孩子们讲解。

"娃娃们，"他说，"你们晓不晓得，我们下庄，以前只能吃'三大坨'，现在说'三大坨'，你们怕都不晓得是啥子了，你们看，就是那三样：苞谷、红苕、洋芋。"这是在"坐井苦熬"展区，"三大坨"蹲于墙角，像历经沧桑的老人。它们为下庄人做出了不可磨灭的贡献，展示出来，不是亮其粗陋，而是载其功勋，毛相林看它们的眼神，显出格外的深情。

但孩子们无法理解他的这种感情，他今天讲解的重点也不在那里，于是他接着往下说："'三大坨'还一天只能吃两顿，那时候娃娃们上学，到中午，饿得肚皮里头像放了七八个青蛙，呱呱乱叫，可是有啥办法呢？叫得哭，也只能忍着。你们现在，不仅有吃的，还是免费的营养午餐，能喝牛奶，能吃白米饭，能吃生姜肉丝，还有番茄炒蛋……娃娃们，这些东西不是天上掉下来的，是祖祖辈辈奋斗来的，是党和国家对你们的关怀。有句古话说：'一粥一饭，当思来之不易；半丝半缕，恒念物力维艰。'意思是叫你们要懂得珍惜，不能浪费。"

孩子们齐声回答："我们一定听毛老师的话！"

"娃娃们，"他说，"你们晓不晓得，我们下庄以前是没有公路的，去乡镇上读中学，要背着干粮，从天不亮就走，走到天黑才能走到学校。那时候条件艰苦，很多学生因为苦不过来，坚决不去上学了。"这是在"凿井战天"展区。每当回忆那段岁月，毛相林就激情燃烧，情不自已，看着那些照片，当年情状便回到他的身体里，他仿佛投入其中，正栉风沐雨、战天斗地。

因这缘故，他反而说不出更多的话来了。他让学生自己看。他只是指着照片上的人，告诉这人的名字，"那是我爷爷!"或者"那是我奶奶!"。学生可能会这样叫一声，脸上显出异样的骄傲。知道为顽强拼搏的前辈骄傲，已是可以期待的心灵，毛相林很是欣慰。走到六位牺牲者的名录前，毛相林双腿并拢，深深地弯下腰去，嘴里嘀咕着："我毛矮子记得你们，下庄人记得你们，今天，这些娃娃也看你们来了。"孩子们听不清他说什么，见他鞠躬，也跟着鞠躬。张老师不失时机，教他们念那六个名字：沈庆富、黄会元、刘从根、向英雄、刘广周、吴文正。"这六个人，"毛相林说，"是为修路牺牲的，你们要记得他们……"

学生们齐声回答："我们一定听毛老师的话!"

"娃娃们，"毛相林说，"有了公路，你们读初中时，就可以坐车去了。"

其中一个孩子抢过话："我爸爸开车!"

他爸爸名叫黄全亚，也就是当年上工地的女人之一刘道凤的儿子。黄全亚买了辆中巴，专做客运，有了他，下庄人出行方便多了。修路前去骡坪镇，要一整天，现在只需五十分钟；修路前去县城，要三四天，现在只需一个半钟头。再晚，只要有急需，黄全亚都出车。他告诉我们，去年的一天，嫁到外地去的一个女子回娘家来，晚上十点过，她小孩发高烧，全身抽搐，找到他，他立即将母子俩送到了县医院，救治及时，孩子平安无事。那种把病人抬到半路就咽气的灰暗历史，一去不复返了。去骡坪的收价是二十元，学生则减五元，而主要客源正是学生，读中学的，多在骡坪镇，有一百三十多个；那些小学生，村小里没有的班级，就去竹贤乡中心校。进出便利了，家里有钱了，读书的热情也高了。

"这些年，"毛相林接着对孩子们说，"我们下庄考上大学的就有二十九个，你们要向那些哥哥姐姐学习，争取以后都考上大学，做有知识、有文化、有抱负的人。我盼着你们学业有成，将来能为建设下庄，建设祖国，发挥你们的聪明才智！"

孩子们齐声回答："我们一定听毛老师的话！"

"说来也怪，"毛相林对我们说，"路通之前，下庄村读过高中的也才两个，2004年通路，到2006年，下庄孩子就有两个考上了大学。"

有形的路，与无形的路神秘相通。

2006年年底，毛相林把两个放假归来的大学生请到村小，分享他们的学习经验。除了守纪律、认真听讲之外，毛相林感触最深的，是他们说：人非常重要的是要有理想，有理想的人和没有理想的人，是很不一样的人。人很现实，吹了糠就想见到米，这当然没错。但是，可不可以吹了糠不见到米呢？当我们见到不是米的时候，应该抱着怎样的心态呢？理想不玄妙，也不空洞，超越现实的那一点点，就是理想，有了它，人就有了目标，也有了翅膀。

"这对我也是个教育。"毛相林说。

往后的日子里，他将那段话不断发挥，在一代一代下庄孩子的心里传播。以前的下庄孩子，造句时只会想到学习和劳动，现在知道了有医生、教授、作家、运动员、宇航员……他们长大了，也想做那样的人。

是的，下庄村小学目前也遇到众多村小共同遇到的问题，就是学生流失。这是因为大家对村小的教学质量不抱信心，好教师多不愿来，有些愿意来的，比如"下庄人"新闻图片展览期间，万州财贸校的仲代芹老师，非但愿意来，还说"永不申请调走"，但也由于各种原因，事实上没能来。尽管如此，毛相林坚信，随着教育资源分配的不断合理化，事情会跟着改变。最最重要的在于，只要有学生，就要让他们不仅能上学，还要上好学，"绝不允许一个适龄孩子辍学"！

陈列室建成的次年，就在陈列室旁边，又建成"愚公讲堂"。讲堂的主讲者当然是"毛老师"，但不限于他，普通村民均可上台，把修路经历和脱贫过程，讲给前来参观的外地人，也讲给下庄村的年轻后生，特别是村小的孩子。

七嘴八舌

2020年5月14日傍晚，下庄村小学的操场上，村民济济一堂。虽然是在露天，用"济济一堂"这个成语并不准确，但形容人之多则无问题。而今的下庄村，两百多名外出务工者，已自动回来百余名，他们在家乡挣到的钱，并不比外面少多少，还能免了住宿、交通等费用，且能照顾家庭。去外面落过户的，不能往回迁，为此还十分苦恼，像张泽燕老师的儿子就是。山里人家，把山外去的都当成领导，张老师就把我们几个采访者也当成了领导，希望我们能为他说句话。"最后一代下庄人"的阴影，在毛相林和老一辈下庄人心里，已彻底抹去。

5月14日这天聚在一起，是讨论乡村振兴。

相同议题的会议，短时间内这是第三次召开。

毛相林要村民们弄清楚，什么是脱贫，什么是振兴。"有饭吃，有衣穿，有安全的房子住，"他说，"前不久我们又修了蓄水池，家家用上了安全的自来水，硬化路也通到了每家每户的门前，是货真价实地脱贫了。但说到乡村振兴，就远远不够。我想再听听大家的意见，看你们是咋理解振兴的。"

毛相斌首先发言："要用修路的精神，把我们这个山窝窝建设得更好！"当年，他被石头撕掉了后背和大腿上的皮，仗着年轻，长出了新皮，但不能去想那件事，想起来就痛不可忍，变天时尤其痛，像那些被撕去的皮和他的心长在了一起。

袁孝恩、杨元鼎、张继清等人相继发言，说的都是精神。

精神固然重要，但毛相林现在想听的，是办法，是设想，是措施。

教师张泽燕咳嗽两声，以他上课时的腔调，抑扬顿挫地说："依我看，我们下庄村，地靠五里坡国家级自然保护区，生态资源丰富，山也好看云也好看，绝壁天路又有特色，后溪河峡谷也很美，发展旅游是条路子。"

毛相林的眼睛亮了。这正是他筹划的事情。他说："我看张老师讲到了点子上。搞旅游是条路，可是人家为啥要费力费时费钱地跑到你这里来？自然风光好，这是事实，绝壁天路有特色，也是事实，但要说独一无二，也不是，我所了解的情况，在太行山地区，绝壁天路就有好几条。人家为什么要来呢？"

年过七旬的刘恒玉说："我今天又去陈列室看了，硬是看不厌。"

他说话结巴，说一句相当于别人说三句。年过八旬的马振云接过话头："那六个名字刻得好！"刘恒玉连忙附和："刻得好！我家沈庆富……"提到自己牺牲的女婿，更结巴了，马振云便又掐进去："我当时埋怨，大山无情啊！可是后来想，虽然我们死了六个人，大山对我们也还是仁慈的。你们记不记得在鸡冠梁工地，晚上本是睡在下面，可不晓得为啥，多半是山神爷暗中提醒我们，叫我们别睡那里，大家就都跑到对面山上去睡了。到半夜，只听见轰隆隆一阵巨响，鸡冠梁滑坡了。早上起来一看，整条沟都被滑下去的石头填满了，如果睡在下面，那个工地上的人就全部遭活埋了。"

刘恒玉正要接话，有人站出来阻拦："两位老人家，你们说偏题了。"

马振云不服："我咋就说偏题了？我的意思是，山让我们付出了代价，但也给了我们一条路，我们要晓得保护。不只是保护那条路，还要保护整座山。风光是风光，如果不保护，风光很快就不再了，搞旅游就是空话。"

"说得好！"毛相林说。

"十几年前，"彭仁松接腔，"习总书记就教导我们，绿水青山就是金山银山。"他爱看电视，记性又好，知道很多事，念过大学的儿子彭淦，也常给他灌输。

"说得好！"毛相林又说。

"现在不砍柴了，"谭先煌开口，"山上能长树的地方，都长起来了。"

"不光是树木花草，还有动物，"吴自清说，"我们以前爱下套子。张贵通不就在红岩湾套到过獐子么？安了兽夹，张贵通第一天爬上岩去看，没有。第二天爬上岩去看，又没有。第三天爬上岩去看，还是没有。农活忙起来，之后过了七天才又上去，结果夹住了一只獐子，可惜天气太热，肉都烂绿了，苍蝇成网。他气得提起獐子就扔下悬崖。结果杨焕捡到了，割下麝包，卖了整整一千块钱。"

杨焕的后人忙说："没独吞哈，给了张贵通四百块的。"

袁孝恩把话题拉回来："不能给动物下套子，也不能扔石头追打。我们以前爱用石头打猴子。獐子、猴子、山羊、野猪……都要保护。"

"这就对了！"毛相林说，"乡村振兴，就是要建立……叫啥？——生命共同体！这和以前单纯的人的脱贫，是一个很大的区别。"

夜风吹来，空气里飘浮着一股臭味儿。在农人的鼻孔里，这臭味并不臭，他们把大粪的气息叫"粪香"，是因为大粪的那一面，连着庄稼和丰收。

别人都习惯了，但做了技术员的杨元位敏感地意识到了，说："我看，我们村要整个排污系统，把这股臭味除去。"

"可是猪呢？"袁堂清说，"猪随时要拉，即使有排污系统，臭味还是在，不如来个大动作，也搞个专业合作社，把各家各户的猪圈关了，找块地集中养殖，安装一个环保处理设施，村里的人居环境，保险一下子就改善了。"

"说得好！"毛相林说。

"我看房子也得改善。"袁大军说，"我们现在住上了水泥楼房，已经是神仙日子了，但要说逗外人看，可能还不如以前的土坯房。水泥房子外面到处是，不稀奇。当然我们不能倒回去，又住进土坯房里，我是说要把水泥房的墙面想法收拾一下，搞点色彩，就像三合院那样，做成农家乐，能吃，也能住。"

三合院是两年前建成的，由杨元鼎、杨亨双和袁堂清三家合开。这点子也来自毛相林。巫山县城背后，有个"三峡院子"，民俗旅游做得好，毛相林便建议那关系亲善且零星做着生意的三家，如法炮制，但是要求：要建，就建成民宿样板房。可以说，从那时候，对下庄村的未来，毛相林就有了自己的构想。甚至更早，陈正香给他送来土鸡，他帮忙卖给杨亨双的时候，就已经有了构想。

当三家人的新居落成，站在院坝里，抬头望，群山巍峨，云雾缭绕，低头看，河谷葱翠，碧水奔流。如此美景，应该有个好名字。念过高中的杨元鼎就在那里想，可抠破脑壳也想不出来，便又去问毛相林。

毛相林说："北京有著名的四合院，你们三家就叫三合院吧。"

我去下庄，就住在三合院里。客人往来不断，靠自己忙不过来，便请了嫁到骡坪去的刘衍春回来当厨师，而刘衍春做饭炒菜的本事，正是在修路时学的；她当时在工地上的任务，跟张国香她们一样，是煮"大锅饭"……

袁大军发言完毕，毛相林又说："说得好！"

他听着大家继续说下去。

但直到会议结束，他再也没叫过一声好。

人之为美

"我们采纳大家的意见，"毛相林说，"以村民入股的形式，集中搞了个养猪场，也建起了排污系统。我相信，你们在村里走，再也闻不到臭味了。"

不仅没有臭味儿，还非常干净。到处都很干净。村道上无尘土，随便走进一户人家，也收拾得十分整洁。像王仙翠家，留着实景的土坯房旁边，起了幢三层楼的新房子，不管新房子还是老房子，都纤尘不染。老房的影墙上，贴了满墙奖状，那是儿子陶骥的奖状，从幼儿班到高中，多少年过去了，却鲜亮如新。

"但只是干净，哪能叫振兴啊！"

毛相林正向我们感叹，外面有人叫他，他跨过火盆出门去了。五分钟后回来，接着说："干净只是眼睛里的事、鼻子里的事，心里呢？要心里干净，才是真的干净。心里干不干净，看不出来，却照得出来。俗话说人镜照形，神镜照心，人做了事，自己的心是知道的，既然知道，就会在心里留下那件事的样子，有样子就能照。我们的要求是：山美、水美、人美！"

天下没有不美的山，即便荒山秃岭，也是自然界赋予的另一种美；如果本是青山，却因人为的缘故变成了秃岭，才显得丑陋。下庄村的四面山体，正像村民谭先煌所说，除陡直的石壁，再不是不毛之地。从2016年起，村民就不再砍柴，都烧山外运来的无烟煤，既无烟，也无味。冬天里，家家都有个大火盆，炭火通红，灰白如粉。大自然由此恢复了生机，林木蓊郁，百花盛开，禽兽欢腾。正如吴自清和袁孝恩所说，除了猴子、山羊，还有黑熊和野猪，山溪之中，潜着大鲵和"巫山北鲵"，即俗称的娃娃鱼，这种鱼类对水质要求很高。在这地界，水本身就是美的，高悬的瀑布，低淌的河流，即使混浊也洁净。

"三美"之中，最难办到的是"人美"。

自从人类在万物中争得霸主地位，山是否美，水是否美，很大程度取决于人美不美。在一个社群之内，是否和谐，是否向上，同样取决于人的修养和境界。

对此，毛相林特别重视。

他首先从自己做起。"毛支书三让宅基地"，在下庄是可以编成评书来说的。"毛支书送母躲生"，同样可以编成评书来说：

开过那次七嘴八舌的会议不久，逢毛母八十寿辰，寿辰到来的前两天，村会计专门找到毛相林，对他说："如今下庄的日子一天比一天红火，你给老母亲红红火火办个庆生酒嘛，让她老人家热闹热闹嘛。"

毛相林心里怔了一下，坐在那里没言声。

过了两分钟，他对会计说："你去通知干部们都来开会。"

会计以为另有他事，结果正是他那句话引起的。会上，毛相林对干部们说："如今下庄的日子是好了，但有些不正之风，也正该刹一刹。比如说办酒席，起房办酒、搬家办酒、过生办酒、满月办酒、出院办酒、升学办酒……咋呢？日子过好了就不脚踏实地？就想借办酒席敛财？我认为，除了红白喜事，别的都是无事酒。红事就是结婚，白事就是老人过世。我今天把话说在这里，那两样酒之外，别的酒席我毛矮子统统不参加，我自己肯定绝对不整那些无事酒。"

村主任理解了支书的意思，说："确实也是事实，这几年，光是吃酒的礼金，就整得人负担沉重。干脆，我们当干部的都来签份承诺书：拒办无事酒。"

母亲生日那天早上，毛相林亲手给母亲煮了一碗长寿面，说："儿子本来应该请些亲朋好友，好生为妈操办一下，但是我想……"

母亲已经知道了他的意图，说："你从我这里开刀，是对的。这几年我也注意到了，酒越办越大，越办越没名堂，甚至有人做梦，说神仙交代他，要办个酒消灾，就老实杀猪宰羊。人家办了，不去不对，一去就是礼金，弄得人苦恼。"

在毛相林的精神背景上，母亲始终是浓重的一笔。

他又说："妈，我怕中午还是有人来，等你吃了早饭，我就送你去妹妹家里，我已经给妹妹讲好了。你想在县城多住两天就住，不想住，我明天就把你接回来。"

"干部带头，是最有效的教化。"毛相林说。

从那以后，大操大办的陋习，在下庄村渐渐消失。

除了干部垂范在先，毛相林还下足工夫，利用别的教化手段：充分发挥陈列室和愚公讲堂的作用，打造图文并茂的"美德墙"、下庄精神宣传墙，此外还有农家书屋，书架上放着《中国梦》《经济作物种植技术》《养生知识》及鲁迅先生等名家名作。单是教化不够，还立村规民约，共十条：一、明大德；二、守公德；三、扬美德；四、立志向；五、遵机制；

六、树新风；七、讲卫生；八、守安全；九、常监督；十、严奖惩。每一条下面，都有详尽解说。第十条尤其详细，哪种情况该奖，哪种情况该惩，又如何奖如何惩，都有细则颁布分明。

"有意识地发展旅游之前，"毛相林说，"来下庄旅游的就不少，像三合院，尽管有疫情挡路，今年的收入也还是几十万。我就给他们说，做旅游是个长期行为，千万不能弄出乱象，搞成了个短命鬼。我就晓得有个地方，跟我们的情况类似，也是费尽力气修出一条路来，全国各地很多人跑去看，结果不仅脏乱差，还宰客，三两下就整垮了。这是个深刻的教训。"

八九点钟的太阳

其实，毛相林这时候考虑得最深沉的，是人才。这是他发展柑橘产业时就明确意识到的。全面开发，更需人才。比如搞旅游，除了挂壁公路、自然风光、民居民宿等，还要有具备自我生长能力的文化。既然下庄村早被称为世外桃源，那么可以顺势打造一个桃花源；下庄人走了若干代的那条一百零八道"之"字拐，早被林木掩蔽，可以整理出来，做成"下庄古道"，如此等等，实现农旅融合，效益叠加，还要贯穿下庄精神的内涵，就得有人去抠脑壳，设计出好的方案。而毛相林深刻地感觉到，凭他自己的见识，要完成这一任务，已经无能为力了。

那需要年轻人。

"毛主席说，青年人'好像早晨八九点钟的太阳，希望寄托在你们身上'。今天的下庄，正需要那些八九点钟的太阳，他们有朝气，有文化，比我们强得多。"

文化和科学，而今成为了毛相林的口头禅。

首先是要有年轻干部。"习总书记十分重视年轻干部的选拔任用，还亲自为年轻干部主讲了'三堂课'——理想信念课、斗争精神课、能力提升课。"毛相林说，"从去年开始，我们村也精心物色，动员彭淦考取了'本土人才'。"

彭淦是彭仁松家老二，因老幺夭折，他成了老幺，毕业于四川西华大学，在成都工作两年后，回到本乡中心校教书。村里需要"本土人才"，经毛相林提议和相关部门考核，他又回到了村上。毛相林悉心培育，彭淦进步很快。我在下庄采访期间，多次与他接触，小伙子为人谦和，工作主动、细致。

年轻干部之外，还要有更多的年轻血液，共同参与下庄的建设。

想当年，下庄村一天天变空，毛相林十分焦虑，后来，下庄村的日子好过了，他有底气了，便又像鼓励陈正香的两个儿子外出务工一样，鼓励年轻人都出去走走，长长见识，并对他们说："家里的事不要担心，有我们这帮老家伙守着。"可到了今天，他觉得，是该把他们收回来的时候了。

从外地归来的百多个，年轻人并不多，这是现实。

毛相林要改变这种现实。

于是他又忙起来了。

好在现在不必像以前那样写信联系，个个都有手机。每打通一个电话，毛相林都向他们说变化，绘蓝图，希望他们回到家乡，为下庄的振兴尽力。

"我是带着女朋友回来的，"毛连长说，"回来也不是怎样，就是看看。一是看看父母，二是毛老师打了好几回电话，每个电话都说半个多钟头，回来看看，也算了他一个心愿。"

作为"90后"，毛连长自然听过毛相林讲课，所以叫他毛老师。

毛连长是退役军人，在部队干过八年，并在部队入了党，退役后在外打拼，种西瓜，跑销售，搞网络直播带货，干过很多职业，见多识广。

"其实每次回家，我都能感受到下庄的变化，但实话说，比起外边，还是有很大差距，所以没想过真要回来。但这次，我前脚跨进家门，毛老师就跟来了。他也不拐弯，直接就说：

'连长，留下来吧，下庄需要你。'"

毛连长忙请毛老师坐，为毛老师倒茶，把自己女朋友介绍给毛老师认识。他女朋友不是下庄人，介绍她，一方面是该介绍，另一方面也有意图：我女朋友生在外面长在外面，怎么可能愿意到这天坑里来？尽管下庄村不是以前那个爬不出去的天坑，但究竟还是天坑。

可是毛相林并不认为这是什么问题。

能带领村民修出绝壁天路的人，思考问题定然不会拖泥带水。

毛老师不拐弯，毛连长也不拐弯，他说到了下庄村与外面世界的差距。

"就是因为比外面差，而且差得很远，"毛相林说，"才需要你们来建设啊。如果你们年轻人都不回来，只会差得越来越远。"

然后，毛相林从当年修路说起，说到脱贫攻坚，说到乡村振兴，说到下庄的未来。"时而悲痛，时而激动，时而振奋，很是动情"。

那情景，毛连长至今记得。

而在毛相林激动述说的时候，毛连长注意到的，是他的满头白发。想起修路那阵，虽然毛连长还是个小学生，也能感受到支书浑身的劲头，当时他的头发如果白，也是下錾子时石头扑起来的灰，现在是真白了。

"我这才意识到，毛老师老了，当年修路的那辈人，都老了。"

毛相林似乎注意到了毛连长的眼神，说："我们年纪大了，自然规律，想干也干不动，而且我们文化浅，见识低，想跟上当今社会的发展和时代的潮流，确实已经力不从心了。连长啊，下庄的明天，还要靠你们。"

这句话让毛连长沉默下来。他忆起了当年读书的时候，张泽燕老师写在黑板上的那句话："大人流血修路为我们，我们读书为下庄明天！"

当时他就坐在教室里，是亲眼看着张老师写的。

"那时候懵懵懂懂，也不清楚'明天'到底是个啥。"毛连长说，"现在清楚了，当年的'明天'，就是眼下的'今天'。张老师是代表我们许下了一个诺言。时候到了，该我们站出来兑现诺言了。而且，像我这个年纪的，修路时没投过劳，却是那条路最大的受益者，不站出来，简直说不过去。"

没等毛连长明确表态，毛相林补了一句："连长，你是党员。"

说完就走了。

"我们书记永远是威风的。"毛连长笑，"但是他的威风永远是那样明心见性，亮亮堂堂，所以我们服。他是下庄精神的代表。下庄精神没有过时，也永远不会过时，哪个时代不需要顽强拼搏呢？哪个时代不需要自强不息、无私奉献呢？我们书记提醒得对，我是党员，更应该有党员的初心、党员的样子。"

毛连长留了下来。

不仅如此，他还说服女朋友留在了下庄。

女朋友继续做直播带货，他则负责民宿建设的规划和实施。

毛连长回来不久，杨亨军也回来了。杨亨军在外当老板，做经营，回来成立了"秀葱农业专业合作社"，管理下庄的桃园，探索出了新的创收门路。然后更多有知识、有见地、有干劲的年轻人回来了，参与到旅游环线的建设中。

八公里和四公里

正所谓"自助者天助"，当下庄人发扬"下庄精神"，以修绝壁天路的气概行进在乡村振兴的道路上，巫山县启动了"重庆市巫山县竹贤乡下庄村振兴开发项目"。该项目总投资二亿元，意在将下庄打造成三峡明珠——最美三峡山村旅游度假胜地，融生态田园、民俗节庆、户外拓展、乡村文创、乡村康养于一体。2021年农历正月初八，后溪河谷动工修路，这是当阳大峡谷连接沪渝高速的旅游环线，在后溪河谷规划了一个下道口，由此与下庄的绝壁天路又形成环线。而绝壁天路也正着手进一步加宽，数日后即能跑大货车，下庄村的出产，届时不仅能更加方便地运送出去，还可直接建电商平台；之前，柑橘、桃子、脆李、西瓜等，已有部分电商销售，只不过要先把货送到骡坪，再由骡坪转寄到消费者手中。

其间，巫山县委召开下庄村乡村振兴示范点建设工作领导小组会，县文旅委、宣传部、交通局和竹贤乡领导参加，要求立足下庄精神，依托自然山水，整合各方力量，将下庄村打造成脱贫攻坚的样板、乡村振兴的示范、党员干部教育培训的基地，并力争成为全国性的党员干部教育基地。

毛相林荣获"全国脱贫攻坚楷模"荣誉称号之后，四川美术学院与巫山县人民政府签约，落实习近平总书记"把下庄建设好，发展好"的殷殷嘱托，深入挖掘下庄精神和"当代愚公"精神，发挥四川美院艺术设计能力和综合优势，围绕下庄村党性教育基地村、乡村振兴示范村、乡村旅游重点村"三村合一"的建设思路，"打造精神高地，重塑乡村品质，促进三产融合发展"。

"好风凭借力，送我上青云"，下庄村驶入了快车道。

2021年正月初一到初三，尽管依然有疫情挡路，去下庄的异地游客也有近千人。民宿改造已完成百余户，白墙涂黄，呈现乡村风味，木条吊顶，凸显原生态气息。下庄村的接待能力和接待品位，都显著提升。最为可贵的是，他们把旅游做成了一本书，不是快餐，不是浅阅读，而是在愉悦中滋养人、熏陶人、振奋人。"下庄精神"始终是其魂魄所在。一位游客看了绝壁天路，说："非常震撼，深受教育。回去后一定讲给孩子听，让他们知道幸福生活来之不易。"

毛相林强调的"三美"中的"人美"，成为入心入骨的风景，在下庄村的山山水水之间，烁烁生辉。下庄村的学生，不再只知道学习和劳动，下庄村的村民，也不再只是劳动和睡觉。傍晚时分，他们在广场上相聚，谈天、跳舞、领孩子做游戏。同时，他们还发展着各自的爱好。年过七旬的周述生，自制皮鼓，闲时敲打，有人想买，他也出售。彭仁松早上五点过必起床——中央台音乐频道六点正有个舞蹈教学栏目，他要跟着学。

采访期间，我随便走进一户人家，都捧出柑橘，倒来茶水，其盛情和周到，让人动容。和睦共处，热待来客，是下庄村固有的，但丰衣足食的喜气，天南海北的见识，百炼成钢的硬度，放飞心鸽的梦想，是以前的下庄村所没有的。

但毛相林总是说："离党的要求还差得很远，离总书记的要求还差得很远。"这样的话，在他嘴里不是套话，而是实实在在的感触。"我，还有我们下庄人，"他说，"要对得起得到的荣誉，要对得起党和政府还有社会各界的关心。"

为了"对得起"，也要无须扬鞭自奋蹄。

毛相林坦承：那条绝壁天路修了八公里，下庄村的振兴之路，最多也就修了四公里。他要做的工作，还任重道远。

我问他："修路时你敢立军令状，乡村振兴也敢吗?"

他说："敢！最多两年过后，你再来下庄村，绝对又是另一个样子!"

还是修路时的"毛矮子"，还是修路时的劲头。

事实上没等到两年，小半年后，下庄就已经是另一个样子。

——下庄有了"身边的银行"。中国农业银行重庆巫山支行的工作人员，带着小型移动设备，走进下庄，设立惠农服务点。"我有银行卡了。"十七八岁的周述林兴奋地说。他以前只有存折，存取都要去骡坪镇，今后足不出村就能办理。"下一步，"工作人员李红说，"农业银行还将加大基础设施项目贷款、农家乐贷款、产业发展贷款等业务，助力乡村振兴。"

——下庄有了"主题邮局"。这是巫山县首个标准化村主题邮局。中邮巫山县分公司，借助电商平台和邮政物流体系，把包裹收寄、邮件自提、农产品收购及展销、文创产品展销、三农物资分销、"邮掌柜"等个性化服务，送到村民家门口。公司负责人表示，下一步还会开通金融小额存取款业务，为弘扬和践行"愚公精神"，推动乡村振兴，尽到邮政的社会责任。

——下庄有了快递送货上门"第一单"。当村民周红收到两天前在网上下单的一套护肤品，万分惊讶："没想到我们也可以在家门口收快递了，还这么快！"以往跟存款取款一样，只能去骡坪。京东物流巫山县营业部负责人李宏伟说，他们是第一家送货到下庄村的快递企业，接着将在下庄村设立快递代揽点，并加速网络下沉步伐，实现若干偏远村落送货上门的便利服务。

......

于是，我们听到了那熟悉的歌声和崭新的歌词：

下庄是条龙

困在深井中

一朝风雷动

飞上碧云空

·链接·四题

—

上午十点，毛相林家的屋前已来了三十多位村民。王祥英把电视机搬到小小的院坝，村民自发搭来板凳，坐成几排，集体收看即将举行的全国脱贫攻坚总结表彰大会电视直播。这一天，是2021年2月25日。

除了下庄村村民，还有天坑顶上的，比如药材村的村支书刘朝清。

十点三十分，总结表彰大会开始。院坝里静下来。村民们看见，在热烈的掌声中，毛相林走上主席台，习近平总书记亲手为他颁授了"全国脱贫攻坚楷模"奖章及证书。村民纷纷起立，热烈鼓掌。刘朝清向重庆日报社记者表示："在以后的工作中，我要以毛书记为标杆，把基层工作真正做到老百姓的心窝里。"

授奖完毕，习近平总书记讲话，乡亲们正襟危坐，认真聆听。当总书记庄严宣告，"经过全党全国各族人民共同努力，在迎来中国共产党成立一百周年的重要时刻，我国脱贫攻坚战取得了全面胜利"，院坝里沸腾起来。

总书记说："脱贫攻坚，取得了物质上的累累硕果，也取得了精神上的累累硕果。广大脱贫群众激发了奋发向上的精气神，社会主义核心价值观得到广泛传播，文明新风得到广泛弘扬，艰苦奋斗、苦干实干、用自己的双手创造幸福生活的精神在广大贫困地区蔚然成风。带领乡亲们历时7年在绝壁上凿出一条通向外界道路的重庆市巫山县竹贤乡下庄村党支部书记毛相林说：'山凿一尺宽一尺，路修一丈长一丈，就算我们这代人穷十年苦十年，也一定要让下辈人过上好日子。'……"村民百感交集，王祥英感动得低声抽泣。

总书记说："人民是真正的英雄，激励人民群众自力更生、艰苦奋斗的内生动力，对人民群众创造自己的美好生活至关重要。"大家频频点头。

总结表彰大会结束后，全体村民仍坐在毛相林家的院坝里，久久不愿离去。

二

2月26日下午一点多，"全国脱贫攻坚楷模"获得者毛相林回到巫山县城，稍事耽搁，便马不停蹄地朝下庄赶。

村民自发来到村委会院坝，要第一时间迎接他。

戴着荣誉奖章、手捧荣誉证书的毛相林刚下车，人群里爆发出阵阵掌声。村民们挤到毛相林身边，捧起他胸前的奖章瞧个不停，打开证书看了又看。

"荣誉不是我个人的，"毛相林激动地说，"是属于整个下庄村的！"

然后，他迫不及待地把总书记的嘱托和关心告诉乡亲："总书记叮嘱我们要加油干，把下庄建设好，发展好！"人人眼里，泪光闪烁。

在村委会，毛相林向乡亲们介绍了自己参加表彰大会的感受，第一时间传达了习总书记的讲话精神。之后捧着奖章和证书，来到牺牲者的英雄谱前，肃穆站立，告诉英灵："这份荣誉更属于你们……"

回到家，已是晚上六点过。这天正值元宵节，王祥英在厨房准备晚餐，两个孙儿缠住爷爷，要听爷爷讲北京的样子。

"你们先耍一会儿，爷爷还有重要的事情要办。"毛相林说着，匆匆出门。

在北京他就听说，村里还有一些柑橘没找到买家，正等他回来想法子。此外还有村换届选举的事、春耕春种的事、旅游开发的事……

天色渐渐暗下来，桌上的饭菜已凉了。

三

"全国脱贫攻坚楷模"毛相林先进事迹巡回报告会，走进重庆区县和高校，方四财、张泽燕、彭仁松、陈天艳、毛相林及《重庆日报》记者颜安，逐一走上讲台，从不同角度，讲述毛相林带领乡亲凿石修道和脱贫致富的故事。

听到动情处，不少人流下了泪水。

"毛相林的精神特别值得我们年轻干部学习。"巫山县驻村干部周勇说，"要为老百姓做实事，在奉献中实现自我价值。"

"关键时刻，一定要咬紧牙关，冲锋在前，这是毛相林给我的启示。"作为南川区庙坝村第一书记，宋建峰认为这是他得到的最大收获。

先从自己做起，再引导退役军人学习下庄人不等不靠、艰苦奋斗的精神，为发展家乡贡献力量，是綦江区退役军人事务局优抚科科长谢邦金的感想。

"大树有根，扎根在泥土里，时代楷模毛相林有根，深扎在人民心里。"重庆大学国内合作办公室吴炯说。人的一生，有很多选择，毛相林的选择，体现了一名优秀共产党员不忘初心、牢记使命、始终坚持以人民为中心的高尚人生。毛相林用新时代愚公移山的精神和行动，诠释了平凡与伟大。

西南政法大学哲学系本科生崔冬赟表示，青年大学生要学习毛相林的奋斗精神，立志到基层去，将"小我"融入"大我"，让青春之花在广阔天地绽放。

该校计算机学院大四学生刘森昊说，他一直认为，作为创业者，最大的成功是技术突破、项目成长，听了毛相林的故事，才真切认识到，创业者的重要品质，是要将个人理想与国家理想相结合。世上本无路，因为有了筑路人，就有了路。作为新时代青年，要学习"下庄精神"，树立为百姓谋幸福、为民族谋复兴的崇高信念，勇于担难，勇于担苦，勇于担险，勇于创新，为祖国建设贡献青春。

四

2021年7月1日，下庄人格外忙碌，天色未明，村民即起，去田地看西瓜长势，或为苞谷培土施肥，七点三十分从田间回来，自发聚集到下庄人事迹陈列室旁边的广场，等着从大屏幕收看中国共产党成立一百周年庆典。

八点整，直播开始。国歌声起，村民同声合唱，七十岁的高本秀潸然泪落。

"江山就是人民、人民就是江山，打江山、守江山，守的是人民的心。中国共产党根基在人民、血脉在人民、力量在人民。中国共产党始终代表最广大人民的根本利益，与人民休戚与共、生死相依，没有任何自己特殊的利益，从来不代表任何利益集团、任何权势团体、任何特权阶层的利益。"

村宣传委员欧荣梅飞快地记录着习总书记这段话，说这段话让她警醒，作为一名基层宣传委员，她一定宣传贯彻执行好党的路线、方针、政策。

"在共产党领导下，我们下庄从贫穷落后的天坑村，变成了生活富裕、环境优美的示范村，我家的生活也发生了翻天覆地的变化。"党员陈祖英深怀感恩。

下庄村第一书记张鹏表示，要以"攻坚克难、不负人民"的精神，担负起自身责任，用行动诠释一个共产党员的初心和使命，带领下庄村民传承下庄精神，讲好下庄故事，把下庄的产业进一步做强，让村庄更美，群众更富。

"雄关漫道真如铁，而今迈步从头越。"

站在新的起点上，下庄的一切都是新的。

新的里程。

新的挑战。

新的希望。

· 结
语 ·

我离开下庄村那天，出了太阳。

　　这意思是说，我待在下庄村的日子，不是阴天就是雨天，今天却春阳高照。柔嫩的阳光从崖壁间切割下来，越过雾岚，照得山水明亮，村庄静美。各家承包的柑橘树下，男男女女，采摘着果实——一辆收购车正在开往下庄的路上。

　　这是中国的下庄村，也是下庄村映照出的中国。

　　离开之前，我独自去了"愚公讲堂"。时间尚早，里面无人，坐在深棕色的木椅上，我倾听着静谧中的声音，倾听着感天动地的故事和时代的心跳。我想，来下庄之前的诸多疑问，已经得到了解答。